Guy de Maupassant

La Main gauche

Édition présentée, établie et annotée
par Marie-Claire Bancquart
Professeur émérite à la Sorbonne

Gallimard

PRÉFACE

La Main gauche *est l'avant-dernier recueil publié du vivant de Maupassant. Il parut chez Ollendorff à la fin de mars 1889 ; il contenait des récits parus en journal entre mai 1887 (« La Morte ») et le 15 mars 1889 (« Le Port »). Cette dernière date indique assez avec quelle hâte Maupassant fit fabriquer le recueil : une hâte qui est caractéristique de l'état mental dans lequel il se trouvait. Se sentant de plus en plus menacé par les événements de sa vie privée, de plus en plus atteint aussi par la maladie, Maupassant devinait que les jours étaient comptés pour sa création. De fait, à partir de 1890, elle est allée en diminuant.*

Aussi La Main gauche *fait-elle partie des œuvres que Maupassant, avec une fécondité extraordinaire, elle-même preuve d'une hyperactivité névrotique, accumule durant ces ultimes années : en 1888,* Pierre et Jean, Sur l'eau, Le Rosier de Madame Husson *; en 1889,* La Main gauche, *puis, en mai,* Fort comme la mort, *roman qu'il a donc préparé en même temps qu'il écrivait les récits de notre recueil. La fin de l'année est marquée par la composition de* La Vie errante, *dont la publication en journal commence au début de janvier 1890. Ajoutons que plusieurs des textes qui ont*

*composé le dernier recueil de récits paru du vivant de
Maupassant,* L'Inutile Beauté, *ont paru en journal en
1888 et 1889. On mesure la fièvre dans laquelle vivait
l'écrivain.*

Pour bien comprendre les récits de La Main gauche,
*ces circonstances sont importantes. Maupassant
souffre de plus en plus de sa maladie, causée par un
tempérament névrotique héréditaire sur lequel s'est
greffée une syphilis mal soignée. Si les symptômes s'en
sont manifestés dès 1880, ils vont s'aggravant : depuis
1884, il a des hallucinations passagères, des troubles
de la vue, l'impression d'être suivi. Il passe de plus en
plus par des alternances d'excitation et de stérilité
mentale. En septembre 1888, il écrit à Mme Straus
qu'il se trouve « dans un état de souffrance constant »,
que ses migraines ne le quittent plus*[1]. *Ce qui exacerbe
son impression d'être menacé par la folie, c'est l'état de
son frère Hervé, dont le déséquilibre est devenu patent
dès l'été 1887, et s'est révélé de plus en plus dangereux
durant l'année 1888. Maupassant organise pour lui
des consultations, vit de terribles épisodes auprès de
lui et de leur mère. L'internement sera jugé indispen-
sable durant l'été 1889. Déjà hanté par la névrose et
par la mort, Maupassant voit donc se développer, tout
proche, une sorte de double affreux.*

*On ne dira jamais assez cependant combien l'expli-
cation de l'œuvre de Maupassant par sa névrose est
réductrice ; la preuve en est donnée ici même : son
frère Hervé, élevé tout comme lui, malade mental lui
aussi, n'a nullement été, lui, un écrivain. Tant que*

---

1. *Correspondance*, t. 3, p. 51. Pour les références des éditions
citées, voir la bibliographie.

*Maupassant a pu écrire, il a même fermement dominé
au contraire les troubles de son esprit. Et, contraire-
ment à une idée reçue qui ne tient pas à l'examen, plus
il a craint la venue d'un irrémédiable désordre, moins
il a écrit de contes fantastiques, comme pour mieux se
garder de l'avenir. Les récits de l'étrange diminuent en
nombre dans son œuvre à partir de 1886, et
deviennent rares dans les derniers temps de la vie
consciente de l'écrivain : « La Nuit[1] », « Qui sait ?[2] ».
Pour La Main gauche, on peut dire que le recueil en
est dépourvu : le réveil des morts évoqué dans « La
Morte » est plutôt destiné à illustrer une idée morale
qu'à instaurer une inquiétante étrangeté, dont nous,
lecteurs, ne ressentons ici nullement le malaise. On
peut en dire autant de « L'Endormeuse ». Ce récit,
paru en septembre 1889, a été ajouté au recueil après
la disparition de Maupassant, et ajouté à juste titre,
dans la mesure où il révèle comme beaucoup de ses
voisins une obsession de la mort, voire une fascination pour elle.*

*C'est en effet par une morbidité accrue que Maupas-
sant manifeste ses hantises ; c'est aussi par la réunion,
dans ce recueil, de tous les motifs (sauf le motif fantastique, mais Pierre-Georges Castex a montré magistralement le lien qui unit chez l'écrivain fantastique et
désir de suicide, « La Nuit » et « L'Endormeuse »[3])
qu'il a développés successivement au cours de sa
brève, mais si pleine carrière d'écrivain. Les lieux ?
Récits normands, « Hautot père et fils », « Boitelle »,*

1. *Clair de lune*, p. 198-205.
2. *L'Inutile Beauté*, p. 178-186.
3. *Le conte fantastique en France de Nodier à Maupassant*, Corti,
1951, dernière réédition en 1994.

« *Le Lapin* »; *récits parisiens*, « *Les Épingles* », « *Le Rendez-vous* »; *récits qui nous transportent dans le Midi de la France*, « *Duchoux* », « *Le Port* »; *récits d'Afrique*, « *Allouma* », « *Un soir* ». *Les sujets ? Interrogations sur la femme, sauvage, humble ou mondaine ; inceste ; rapports entre le père et le fils naturel ; signification de la mort et de la vie. Les tons ? De la farce normande du* « *Lapin* » *à la violence de* « *L'Ordonnance* », *au sadisme d'*« *Un soir* », *à la morbidité de* « *La Morte* », *d'*« *Un soir* », *ou de* « *L'Endormeuse* ».*

On remarque aussi combien le même motif peut donner lieu à des interprétations inverses. C'est vrai pour toute l'œuvre de Maupassant, dans laquelle, par exemple, la Seine peut être celle des joyeux canotiers[1] *ou celle des candidats à la noyade*[2]. *Mais à l'intérieur même de notre recueil, les balancements sont particulièrement fréquents. Le personnage principal d'*« *Un soir* » *est solitaire et désespéré, celui d'*« *Allouma* » *vit avec une femme indigène ; Boitelle a vu sa vie bouleversée par une déception, Hautot fils, lui, va succéder* « *de la main gauche* » *à Hautot père ; la femme est volage dans* « *Le Rendez-vous* », *l'homme dans* « *Les Épingles* ».*

En somme, tout se passe comme si Maupassant nous donnait un aperçu de ses différentes manières. Virtuosité sans doute, mais aussi avidité de réunir tout ce que l'on peut imaginer et vivre. C'est l'équivalent littéraire de l'empressement avec lequel Maupassant change de lieux et de sociétés à cette époque,

---

1. Par exemple dans « Une partie de campagne », *La Maison Tellier*, p. 142-155.
2. Par exemple dans « Sur l'eau », *La Maison Tellier*, p. 72-78.

passant des salons mondains parisiens aux bords de Seine près de Paris, à Étretat, au Midi de la France, à l'Afrique du Nord. Il y a de l'angoisse dans cette conduite, et une sorte de défense contre la perspective d'une proche disparition, physique ou mentale.

Le recueil avait été annoncé dans la Bibliographie de la France *du 23 février sous le titre* Les Maîtresses, *qui, à vrai dire, aurait évoqué au public du temps des récits plus légers que la plupart de ceux que nous trouvons dans* La Main gauche. *Ce titre définitif décidé tardivement indique au mieux qu'il s'agit d'amours hors normes sociales, désignées alors plus souvent qu'aujourd'hui par cette périphrase (« c'est sa femme de la main gauche »). Mais ces amours peuvent ne pas être consommées, comme dans « Boitelle ». Leurs résultats peuvent se révéler dramatiques, qu'ils soient immédiats comme dans « Le Port » avec la découverte de l'inceste, différés comme dans « L'Ordonnance » où le mari découvre la vérité grâce à une lettre posthume, ou lointains comme dans « Duchoux », qui retrace la rencontre infiniment décevante entre un père et son fils naturel. On aurait difficilement pu joindre « L'Endormeuse », récit sur le suicide admis, à un recueil intitulé* Les Maîtresses, *tandis que le titre actuel convient à un récit évoquant une union avec la mort avant le temps prévu par la nature.*

Pourtant, les « maîtresses » sont bien présentes dans les nouvelles qui nous occupent. Elles donnent à Maupassant l'occasion d'exprimer ce qu'il pense, et de l'amour — pour la complète liberté duquel il plaidait dès 1881 —, et des femmes. On sait que dès le début de

sa carrière d'écrivain, en bon disciple de Schopen-
hauer et d'Herbert Spencer, il a exprimé sa conviction
que la femme était un être mentalement inférieur à
l'homme : « Herbert Spencer me paraît dans le vrai
quand il dit qu'on ne peut exiger des hommes de porter
et d'allaiter l'enfant, de même qu'on ne peut exiger de
la femme les labeurs intellectuels[1]. » « Je suis le plus
désillusionnant et le plus désillusionné des hommes,
le moins sentimental et le moins poétique [...].
J'admire éperdument Schopenhauer, et sa théorie de
l'amour me semble la seule acceptable. La nature, qui
veut des êtres, a mis l'appât du sentiment au bout du
piège de la reproduction[2]. »

Cette misogynie, largement répandue d'ailleurs chez
les écrivains de la fin du XIXe siècle, se fonde donc en
théorie sur l'idée que la femme est tout entière définie
par sa physiologie de reproductrice, qu'elle est « chan-
geante, nerveuse jusqu'à la folie », que l'amour phy-
sique est « tout » pour elle[3]. Est-elle simple et proche
de la nature, comme les paysannes normandes ou
certaines prostituées, elle se trouve, pense d'abord
Maupassant, dans sa vocation propre. Vit-elle dans les
raffinements de la civilisation, elle devient rusée, mes-
quine, dominatrice, et, comme l'écrit Maupassant lui-
même, « crampon[4] ». Rien de plus difficile que de
rompre avec une mondaine ; on en vient aux disputes
avilissantes, ou alors on essaie carrément de dispa-
raître ; et pourtant « l'homme est fait pour le change-

1. *Le Gaulois*, 30 décembre 1880, « La Lysistrata moderne ».
2. Lettre à Gisèle d'Estoc, *Correspondance*, t. 2, p. 5-6.
3. *Gil Blas*, 16 août 1882, « Une femme », *Chroniques*, t. 2, p. 111-115.
4. *Le Gaulois*, 31 janvier 1881, « L'Art de rompre », *Chroniques*, t. 1, p. 156-162.

ment en amour, tout comme un gourmet qui change de vin[1]. » Mieux vaudrait s'en tenir aux femmes vénales.

Voire ! Dès le début de sa carrière aussi, Maupassant a senti que, si piège il y a dans l'amour, personne n'échappe à ce piège. Besoin de tendresse, de vie partagée, de sensibilité comblée par l'autre : autant d'appels irrépressibles, auxquels l'homme essaie toujours de répondre. Sensuel, mais idéaliste, il ne cesse de trop espérer de la femme. Une contradiction est en lui, qui le fait courir au malheur. Car il y a méconnaissance entre les sexes : la femme possède une terrible puissance de dissolution, et vampirise l'homme dans maints récits de Maupassant, par exemple dans « Lettre trouvée sur un noyé[2] ». Inquiet, mal équilibré, l'homme de cette époque fin de siècle, dite aussi « décadente », se sent incertain et agressé par la femme. C'est particulièrement vrai de Maupassant : il a pour sa mère un attachement qui ne contribue pas à sa stabilité amoureuse, et il est la proie d'une terrible peur de la désagrégation intérieure. Il illustre de cent façons dans son œuvre les vers de Sully-Prudhomme qu'il cite dans « Solitude[3] » « Infructueux essais du pauvre amour qui tente/L'impossible union des âmes par les corps ».

D'ailleurs, la nature elle-même, qui semblait favoriser la sensualité sans tabous, est mauvaise aux yeux de Maupassant, et retourne contre l'homme ses blandices — ne serait-ce qu'en faisant naître des enfants naturels qui instaurent une continuité, alors qu'on

1. *Ibid.*
2. *Gil Blas*, 8 janvier 1884, recueilli dans *Le Colporteur* après la mort de l'auteur.
3. *Monsieur Parent*, p. 184-190.

croyait satisfaire un caprice[1]. *Sans compter la mort, toujours menaçante, si l'on a la chance d'aimer... Le cynisme amoureux se change donc souvent en demande sentimentale déçue, et, de toute manière, en une souffrance qui tient à la méchanceté de l'univers.*

Ces attitudes fondamentales apparaissent certes dans La Main gauche, *mais avec de notables modifications, dues aux expériences nouvelles de Maupassant. Depuis 1885 surtout, il était introduit dans des milieux parisiens qu'il n'avait pas fréquentés jusqu'alors, et connaissait des femmes raffinées, de grande culture, beaucoup plus maîtresses d'elles-mêmes qu'il n'avait pu l'imaginer : Mme Straus, modèle de l'Oriane de Guermantes de Marcel Proust ; la riche Marie Kann, qui fut la maîtresse de l'écrivain après avoir été celle de Paul Bourget, et surtout son amie Emmanuela Potocka, qui fascinait et tenait en respect Maupassant, comme tous les hommes du cercle de ses adorateurs, appelé par elle cercle des « Macchabées ».*

Peu à peu se modifia dans l'esprit de l'écrivain, qui s'interrogeait sur les énigmes que lui posaient ces belles indéchiffrables, l'image qu'il avait donnée de la femme du monde frivole et sotte : l'attestent bien ses romans Fort comme la mort *et* Notre cœur. *Peu à peu aussi, il en vint à ne plus aimer, parfois, ni sa solitude ni son propre cynisme. Il écrit à Mme Lecomte du Noüy dès 1886 qu'il a peur de se convertir au genre amoureux, « pas seulement dans les livres, mais aussi dans la vie » : « Il m'arrive [...] de m'imaginer que ces aventures-là ne sont pas si bêtes qu'on croit*[2]. » *Malgré*

---

1. « Un parricide », *Le Gaulois*, 25 septembre 1882, repris dans *Contes du jour et de la nuit*, p. 167-176.
2. *Correspondance*, t. 2, p. 204.

le bonheur qu'il trouve en Afrique, « il y a, écrit-il en novembre 1888 à Mme Potocka, des soirs où je sens sur le cœur le poids des distances qui me séparent de tous ceux que je connais et que j'aime, car je les aime[1] *». Jeune encore, mais sous l'influence de la maladie, Maupassant se sentait en outre terriblement usé, vieilli, ce qui accentuait sa détresse.*

Dans La Main gauche, *on constate par rapport aux débuts de Maupassant un changement entre les rôles de l'homme et de la femme. Celle-ci était le plus souvent, naguère, dépeinte comme une victime : ainsi Jeanne dans* Une vie, *Mme Forestier et Mme Walter dans* Bel-Ami, *Christiane dans* Mont-Oriol, *et les innombrables abandonnées, abusées, laissées pour compte des récits. En amour, l'homme restait le maître du jeu dans la très grande majorité des cas. Il ne l'est dans aucun des récits de* La Main gauche, *pas même dans « L'Ordonnance », où, si la femme est bien victime d'un chantage, le mari ne l'apprend qu'après son suicide, et tue trop tard le coupable. C'est donc l'homme au contraire qui est montré en position de trompé, de frustré, hésitant ou souffrant. Auballe reprendra Allouma, si elle revient, malgré ses caprices. Boitelle a vu sa vie bouleversée parce qu'il n'a pas pu épouser sa négresse. Trémoulin s'est exilé parce qu'il était trompé par une femme aimée avec passion, et, depuis deux ans, demeure aussi blessé qu'au premier jour (« Un soir »). Trompé encore, le héros de « La Morte », qui n'est éclairé sur son infortune qu'après la disparition de l'aimée.*

Maupassant met de la rage, parfois de la violence, dans la description de cette situation si nouvelle. Les

1. *Ibid.*, t. 3, p. 63.

*femmes victimes, chez lui, se résignaient. Il n'en va
pas toujours de même pour l'homme. « Un soir » en
donne l'exemple le plus fort, car le rêve sadique de Trémoulin — torturer la femme infidèle — est transposé
dans la scène de la pêche. Trémoulin aime tuer, et tue
cruellement, avec un instrument à cinq dents qu'il
manie en grognant de joie. Maupassant insiste sur
l'horrible agonie des bêtes prises, dans un décor infer-
nal de nuit traversée par des étincelles qui sifflent ;
c'est pour préparer la scène où une pieuvre, crevée par
l'instrument, est passée encore vivante contre la
flamme, mutilée, et jetée. Elle est un « monstre », sans
doute, mais un monstre qui comme un être humain a
des « yeux », des « jambes », et dont la douleur se
transmet au narrateur comme si on lui brûlait les
ongles. Il en a pitié alors. Mais, plus tard, il comprend
pleinement que son ami ait eu le désir d'extorquer, par
la même torture, les aveux de la femme infidèle. Dans
ce délire de haine amoureuse, où se multiplient les
exclamations et les suspens, dans cette exaspération
sadique qui n'est pas absente d'autres récits [1], mais
qui, eux, ne la dirigent pas si violemment contre la
femme, il est permis sans doute de sentir quelque
expression personnelle de l'écrivain.*

*Les autres récits ne mettent pas en œuvre des réac-
tions aussi tragiquement subjectives, mais il en est*

---

1. Rappelons que Maupassant, comme son maître Flaubert,
était un lecteur du marquis de Sade. On trouvera dans « Coco »
(*Contes du jour et de la nuit*, p. 143-148) une description de l'agonie
d'un vieux cheval abandonné, à laquelle se plaît visiblement
l'auteur, comme à celle de la mort infligée à un chardonneret par
le juge d'« Un fou » (*Monsieur Parent*, p. 122-131). Enfin, Maupassant avoue directement la joie qu'il a prise, enfant, à voir l'agonie
d'un chat, dans « Sur les chats » (*La Petite Roque*, p. 121-130).

peu qui présentent les relations amoureuses sous un jour de farce ou de comédie. Farce, « Le Lapin ». Comédie, « Hautot père et fils », où l'on annonce les deux Hautot comme une raison sociale, destinée contre toute habitude et tout principe admis à l'exploitation d'une même maîtresse ! Celle-ci est présentée sous le jour d'une sorte d'épouse clandestine, transmettant le repas et la pipe au fils Hautot après la mort de son père ; ce fils respectueux ne manquera pas d'accepter l'héritage dans sa totalité... On peut encore trouver amusante la lassitude de la jeune mondaine du « Rendez-vous », qui, cent vingt fois, a dû supporter les mêmes attitudes de son amant et les rhabillages sans aide. Dans ce récit, perce une satire de la « bonne société », si frivole, si vaine, dont Maupassant dénonce dans Fort comme la mort *les conventions bêtes. Elle apparaît aussi dans l'histoire des deux maîtresses qui s'identifient grâce à leurs épingles et qui rompent (« Les Épingles »). Les femmes ont mis l'amant en position de faiblesse, mais cette fois, cela nous fait sourire. Le conseil final de l'ami laisse entrevoir un possible retournement de la situation ; nous ne savons s'il aura lieu, et qu'importe : l'enjeu est léger.*

Quant au reste des récits, ils mettent en cause la malédiction du hasard, qui n'est jamais heureux chez Maupassant. C'est par hasard qu'est né « Duchoux », ce fils naturel dont l'existence hante les récits de Maupassant, depuis « Un fils[1] *» et « Un parricide*[2] *». La situation est presque toujours décrite du point de vue du père naturel : son fils lui révèle que son passé*

---

1. *Contes de la Bécasse*, p. 147-160.
2. *Contes du jour et de la nuit*, p. 167-176.

déborde sur le présent et prend un sens absurde. Il voit devant lui un double caricatural de l'amour de jadis, ou une conséquence bien tangible d'un acte de chair qu'il croyait sans importance. Dans d'autres récits, Maupassant imagine ce fils comme un crétin, ou comme un artisan ou un paysan qui n'a guère reçu d'aide. Ce n'est pas le cas ici ; la déception du père est d'autant plus cruelle qu'il a veillé à l'éducation de l'enfant. Or, il lui apparaît comme un étranger, vulgaire, ce qui rend plus affreuse la découverte progressive des traits de ressemblance entre ce fils et sa mère. De ce passé bafoué, le père ne se remettra pas. Il est seul ; il se sent vieillir. Maupassant, qui avait trois enfants naturels, rêve-t-il ici sur sa propre situation ?

Autre hasard récurrent dans son œuvre : celui de l'inceste — un sujet alors tabou, sauf dans l'œuvre du marquis de Sade, elle-même à l'index. « M. Jocaste[1] » est le seul cas où Maupassant imagine que le héros épouse impunément celle qu'il savait être sa fille naturelle. En revanche, dans « L'Ermite[2] », le père découvre trop tard sa propre fille dans une prostituée, et, par horreur de son acte, il se retire du monde. Parmi nos récits, « L'Ordonnance » nous laisse une impression équivoque, avec ce vieux colonel appelé « Père », et aimé comme un père par sa jeune femme : la véritable violation de la norme sociale ne vient-elle pas d'un tel mariage, plutôt que des amours de la colonelle ? Où est « la main gauche » ? Mais c'est à un simple matelot qu'il advient dans notre recueil de commettre, sans savoir, un inceste, au sens plein du terme, avec sa sœur (« Le Port »). Nous ignorons, à la

---

1. *Gil Blas*, 23 janvier 1883, Pléiade, t. I, p. 717.
2. *La Petite Roque*, p. 83-92.

fin du récit, quel sera l'avenir des personnages. En revanche, nous avons vu à l'œuvre la fatalité de ce que nous nommons hasard : car c'est le matelot lui-même qui a choisi, parmi bien d'autres, la maison où sa sœur se prostitue.

Issus d'une pauvre famille de paysans normands, ces héros ne ressemblent guère aux riches incestueux des récits précédents, sauf par le sentiment angoissé d'avoir rompu un interdit. Maupassant, pessimiste, étend l'angoisse de la vie à toutes les classes de la société. Il agit de même avec Boitelle, ce paysan par hasard envoyé faire son service au Havre, et qui sans doute a, dans le cœur, une attirance pour l'aventure, pour les « ailleurs »: il est fasciné d'abord par l'exotisme des oiseaux multicolores, ensuite par une négresse qu'on verra par la suite vêtue comme un cacatoès, dans la douce campagne normande... Préjugés indéracinables des parents, docilité de Boitelle envers eux, et voilà son amour rompu, sa vie désormais sans but. Maupassant n'est pas plus indulgent pour les principes d'une société paysanne fermée et conservatrice que pour les conventions mondaines : partout, le gâchis, le manque de liberté vraie.

C'est sans doute dans les amours d'Auballe avec Allouma, la fille nomade du Sud algérien, que l'on pourrait imaginer cette liberté. La belle fille n'est prise que pour le plaisir charnel, et elle semble parfaitement soumise. Mais Allouma est un animal indépendant, qui fuit, qui a besoin de ses horizons sans frontières, et qui se livre à qui lui plaît. Maupassant s'était plaint de l'idéalisme des romans de Pierre Loti[1], qui captivait

1. « L'Amour dans les livres et dans la vie », *Gil Blas*, 6 juillet 1886, *Chroniques*, t. 3, p. 276-282.

ses lectrices avec le récit des « tendresses d'un spahi et
d'une mignonne négresse », ou avec la liaison entre
lui-même et Rarahu dans une « île d'amour ado-
rable ». Bien éloigné de ces fadeurs, notre écrivain
nous montre l'incommunicabilité entre l'homme et la
femme régnant partout. Partout, leur « cœur changeant » mène les femmes, dit-il. Elles sont inexplicables. Et bien qu'Allouma paraisse au premier abord
satisfaire son envie d'une « bête à plaisir », bien que la
civilisation de la nomade soit complètement différente
de celle des Occidentales, c'est elle qui, là encore, mène
le jeu et plie Auballe à ses caprices.

Ce n'est donc décidément pas à la femme que le narrateur demande l'apaisement ni la joie de se sentir
hors du carcan des habitudes et des principes. On sent
en revanche combien la nature et le mode de vie de
l'Afrique du Nord le comblent. Dès son voyage de
1881, il a été séduit par eux : plus encore qu'en Corse,
ils lui faisaient découvrir des sensations, un bien-être
jusqu'alors inconnus à l'homme du Nord qu'il était.
Mais le voyage en Algérie est en 1881 accompli par
un Maupassant « envoyé spécial » de son journal,
dans un contexte de troubles dont il rend compte, non
sans insérer pourtant dans ses articles[1] des tableaux
qui prouvent son intérêt pour la découverte d'une civilisation et d'un pays. C'est là que l'on trouve le premier crayon des Ouled-Naïl, filles de la tribu à
laquelle appartient Allouma. Maupassant note aussi

---

1. Partiellement repris dans *Au soleil*. La reprise la plus
complète des articles écrits sur l'Afrique entre 1881 et 1891 par
Maupassant se trouve dans *Lettres d'Afrique*, introduction et anno-
tations de Michèle Salinas, La Boîte à documents, 1990. Le texte
d'*Au soleil* est donné en appendice.

les nuances et les contrastes, nouveaux pour lui, créés par le grand soleil sur les paysages et les monuments. Il célèbre le désert. On y reçoit la sensation d'un absolu : on ne désire rien, on ne regrette rien, on n'aspire à rien. Mais l'écrivain s'attache surtout en 1881 à expliquer le soulèvement du pays par les exactions des Européens ou par les maladresses de l'administration française. Non qu'il préconise le retrait des colons, jugeant que les chefs locaux feraient alors régner l'insécurité et les rivalités tribales ; mais il dénonce les abus de la colonisation avec une vigueur que l'on retrouve dans le roman Bel-Ami. Il en est une trace dans un récit de notre recueil, « Le Lapin », où le voleur du lapin, Polyte, « ancien soldat [...] passait pour avoir gardé de ses campagnes en Afrique des habitudes de maraude et de libertinage ».

Son séjour de 1887 en Algérie, en voyageur indépendant cette fois, fait renaître chez Maupassant ses anciennes émotions devant la beauté des sites, et éveille souvent en lui un élan d'autant plus joyeux qu'il en est venu, plus que jadis, à craindre la foule et à sentir la vie comme importune. On peut comparer à ce point de vue les débuts d'« Allouma » et « Un soir » à des passages caractéristiques de Sur l'eau. Maupassant y attaque l'« affreuse » race humaine déformée par la vie en commun dans les villes, et abêtie, en regard des hommes restés plus proches des origines, les nègres « beaux de forme », les Arabes « élégants de tournure et de figure[1] ». Il se réjouit spécialement de ne plus avoir à subir la vie mondaine avec ses platitudes[2], et aussi de pouvoir oublier son propre écœure-

---

1. *Sur l'eau*, p. 109-111.
2. *Ibid.*, p. 49.

ment, sa « *souffrance de vivre*[1] ». Dans « Allouma »,
nous lisons : « *Oh ! que j'étais loin, que j'étais loin de
toutes les choses et de toutes les gens dont on s'occupe
autour des boulevards, loin de moi-même aussi,
devenu une sorte d'être errant, sans conscience, et
sans pensée, un œil qui passe, qui voit, qui aime voir* »
et dans « Un soir » : « *J'avais vu l'Arabe galoper dans
le vent, comme un drapeau qui flotte et vole et passe.
[...] J'étais ivre de lumière, de fantaisie et d'espace.* »

Solitude, vertige. Maupassant explique dans Sur
l'eau : « *Mon corps de bête se grise de toutes les
ivresses de la vie. J'aime le ciel comme un oiseau, les
forêts comme un loup rôdeur, les rochers comme un
chamois [...]. J'aime d'un amour bestial et profond,
méprisable et sacré, tout ce qui vit, tout ce qui pousse,
tout ce qu'on voit*[2]. » C'est bien l'état auquel il par-
vient lors de ses marches dans les montagnes qui, au
sud d'Alger, dominent la Mitidja et la mer : impression
de légèreté de l'être, la même qui lui reste dans « Un
soir », de son voyage « *sur le bord [d'un] monde profond et inconnu* », que lui évoque à Bougie la brise
parfumée de « *l'odeur du désert* ».

Pays admirable, avec les vastes ondulations ocre
qui vont jusqu'au seuil du Sahara. Pourtant, la
longue description qu'en donne Maupassant au début
d'« Allouma » lui reconnaît aussi, d'emblée, une
« beauté terrifiante », avec ses abîmes, et le charge peu
à peu de signes ambigus. Si, au déclin du soleil, apparaît parfois « *un azur verdâtre, infiniment lointain
comme le rêve* », le sol est couvert de la « pluie suppliciale » des fruits d'arbousiers ; ceux-ci ont l'air

1. *Ibid.*, p. 91.
2. *Ibid.*, p. 78-79.

d'« arbres martyrs » chargés de sang, et le pied qui écrase les fruits laisse « des traces de meurtre ». Le couchant resplendit d'or et de rouge comme « un ciel de Missel », mais ce sacré se transforme aussitôt en lucre et en meurtre : « encore du sang ! du sang et de l'or, toute l'histoire humaine ».

Impossible de ne pas percevoir la préparation d'une histoire bien humaine, celle d'Auballe qui aperçoit pour la première fois Allouma alors qu'elle est étendue sur un tapis rouge, la reçoit chez lui vêtue d'une longue robe de soie rouge, remarque la « couleur empourprée » des lèvres et les « fraises sombres » de ses seins. Cette symphonie en rouge de la femme semble heureuse d'abord. Elle pénètre Auballe comme l'Afrique même pénètre peu à peu l'Européen, par le bien-être de la chair. Mais les signes tournent au néfaste, comme l'annonçait le paysage du début : « J'aurais fort bien pu la tuer si je l'avais surprise me trompant », déclare Auballe ; et, quand on lui annonce qu'elle s'est enfuie avec un berger, il a « une colère dans le sang ». Sans doute, à la réflexion, il reprendrait Allouma. Mais il n'est certes pas aussi heureux qu'il aurait pu l'espérer.

Quant à « Un soir », ce récit, après nous avoir montré « l'admirable golfe » et la « ravissante ville kabyle » de Bougie, nous conduit, au milieu des cris lointains des chacals, des hyènes et du lion, sur une mer éclairée par le « bûcher flottant » de la barque : il évoque les tortures de l'Inquisition, que va bientôt regretter Trémoulin. Surtout, la mer elle-même, ainsi éclairée, apparaît comme un « étrange pays », séparé des hommes par « une glace admirablement transparente, une glace liquide ». Les hommes ne s'y voient pas plus que dans « Le Horla » le personnage qui a perdu son double. *Mais ils voient tout un monde, à la fois proche et interdit, d'herbes colorées et de bêtes furtives. Ils ne peuvent aller au-delà de l'interdit qu'en tuant.* Une atmosphère de rêve trompeur et d'impuissance de l'homme à l'atteindre — car le meurtre évidemment brise le rêve — prépare le récit des souffrances de Trémoulin.

Ainsi, malgré des charmes qui font naître l'espoir d'une rénovation de l'homme, l'Afrique ne métamorphose que par brefs moments de vertige les Européens, habités irrémédiablement par des nostalgies et des jalousies venues d'une autre civilisation. Y trouver le bonheur, ce n'est qu'un rêve, dont nous fait part Maupassant dans Sur l'eau[1] : « *Je voudrais vivre comme une brute, dans un pays clair et chaud, dans un pays jaune, sans verdure brutale et crue, dans un de ces pays d'Orient où l'on s'endort sans tristesse, où l'on s'éveille sans chagrin, où l'on s'agite sans soucis, où l'on sait aimer sans angoisse, où l'on se sent à peine exister. [...] J'y habiterais une demeure vaste et carrée, comme une immense caisse éclatante au soleil. [...] De la terrasse on voit la mer [...]. Les murs du dehors sont presque sans ouvertures.* » Après un « *repos délicieux* », Maupassant partirait à cheval, « *en buvant l'air qui fouette et grise* », dans un grand paysage tout baigné de rose... Les signes de ce rêve sont abolis ou deviennent cruels, dans les deux récits africains de notre recueil.

On est frappé par la présence, dans plusieurs de ses récits, d'un objet qui est toujours pour Maupassant le révélateur d'une angoisse : le miroir.

1. P. 100-101.

Miroir sans tain de la mer dans « Un soir », et, plus inquiétant, des yeux de la femme soupçonnée mais impénétrable : « Ses yeux sont transparents, candides — et faux, faux, faux ! et on ne peut deviner ce qu'elle pense, derrière. J'avais envie d'enfoncer des aiguilles dedans, de crever ces glaces de fausseté », déclare Trémoulin.

Miroir de l'armoire en acajou qu'Allouma désire, et obtient de son amant : « Elle s'admirait en toute conscience, debout, devant la grande porte de verre où elle suivait ses mouvements avec une attention profonde et grave. Elle [...] demeurait en face d'elle-même, les yeux dans ses yeux, le visage sévère, l'âme noyée dans cette contemplation. » Ce n'est donc pas émerveillement enfantin devant un meuble venu d'une autre civilisation, mais narcissisme, étude sérieuse d'une image qui se satisfait d'elle-même et exclut l'homme. On pense à Mme de Burne dans Notre cœur, *cette Parisienne raffinée, si différente en apparence d'Allouma, qui possède dans son cabinet de toilette une glace à trois faces pour « s'enfermer dans son image[1] » ; devant elle, elle est « saisie d'un plaisir égoïste et physique devant sa beauté[2] ». Pas plus que Mme de Burne, en vérité, Allouma n'est compréhensible pour son amant.*

Les reflets offrent d'autres énigmes encore. Chercher la femme jadis aimée, après sa mort, dans un miroir humain, n'est-ce pas ce que fait le père naturel dans « Duchoux », en regardant avec avidité son fils ? Mais ce qui lui apparaît de plus en plus nettement, c'est une ressemblance hideuse, toute en caricature : « Oui, il

1. P. 78.
2. P. 85.

*lui ressemblait de plus en plus de seconde en seconde ;
il lui ressemblait par l'intonation, par le geste, par
toute l'allure ; il lui ressemblait comme un singe ressemble à l'homme ; mais il était d'elle, il avait d'elle
mille traits déformés irrécusables, irritants, révoltants. »* Ce double dégradé de la jeune femme disparue
est bien l'homologue de celui qui apparaît dans un
autre récit à un « bel homme » usé (comme le père
naturel de Duchoux), qui se regarde dans une glace et
se voit subitement marqué par les stigmates de sa
vieillesse[1]. Reflet pervers, Duchoux porte malheur ; la
petite Annette de Fort comme la mort, reflet flatteur,
en revanche, de sa mère, portera elle aussi malheur à
Olivier Bertin. Il est néfaste d'évoquer le temps écoulé
au moyen de ces doubles, tout comme d'essayer de discerner la vraie nature présente de la femme au miroir.

C'est pourquoi le miroir trahit toujours l'homme,
chez Maupassant. L'une de ses traîtrises est de déce-
voir l'attente de la communion amoureuse, si vivace
dans un cœur sensible. Ainsi, au début de Fort
comme la mort, Olivier Bertin apparaît vieilli dans
son miroir. Sa maîtresse, la toujours séduisante
Mme de Guilleroy, lui fait remarquer qu'à son âge
c'est « fini », il ne pourra jamais séduire une autre
femme : nous comprenons dès lors que le couple n'est
plus un couple d'amoureux. Dans notre recueil, « La
Morte » donne de la séparation une autre image, plus
cruelle encore. L'amant passionné a voyagé pour ten-
ter d'oublier sa maîtresse disparue. Au retour, tous les
objets de sa chambre, ces objets dont l'empire est si
fort dans toute l'œuvre de l'écrivain, lui rappellent violemment la morte. Il fuit. Mais il est comme accroché

1. « Adieu », *Contes du jour et de la nuit*, p. 209-216.

par la vision de la grande glace du vestibule. « Je m'arrêtai net en face de ce miroir qui l'avait si souvent réflétée. Si souvent, si souvent, qu'il avait dû garder aussi son image. [...] J'étais là debout, frémissant, les yeux fixés sur le verre, sur le verre plat, profond, vide, mais qui l'avait contenue tout entière, possédée autant que moi, autant que mon regard passionné. Il me sembla que j'aimais cette glace, — je la touchai, — elle était froide ! » Cette froideur atteste bien le caractère inexorable de la séparation, et l'illusion dernière que représente pour l'homme le souvenir, qui est, lui, « miroir douloureux », « miroir brûlant ».

Doubles, miroirs, reflets, solitude de l'homme, désagrégation constante. En ce monde où la femme est une éternelle étrangère, où nous sommes séparés de tant d'univers par une cloison impalpable, où la beauté même des paysages se retourne en meurtre, la mort est partout : morts successives des espoirs et de la jeunesse, mort de l'illusion, mort enfin, la mort définitive, qui hante Maupassant. Infligée par transposition aux animaux dans « Un soir », elle guette chacun. La fascination pour le cimetière et la décomposition, que Maupassant prête au personnage de « La Morte », donne bien la tonalité de sa propre obsession. Ce récit a beaucoup d'affinités avec « La Tombe [1] *», récit dans lequel on voit un amant profaner la tombe de celle qu'il a aimée, sentir « le souffle infâme des putréfactions », voir la « figure bleue, bouffie, épouvantable » de la disparue. Dans « La Morte », l'amant ne va pas jusqu'à ce viol ; mais devant la sépulture de sa maî-*

1. *Gil Blas*, 29 juillet 1884 ; édition posthume à la suite des *Contes de la Bécasse*, chez Conard.

*tresse, il songe : « Elle [est] là, là-dessous, pourrie ! »,
et il évoque l'immense peuple des morts, tous mangés
par la terre, et réduits à occuper une place bien
moindre que les villes des vivants, si peu nombreux
pourtant par rapport à eux.*

*Incroyant, persuadé que la nature est foncièrement
mauvaise et l'existence absurde, l'écrivain ne peut pas
se référer à une vie future en Dieu, ou, comme Barrès,
à une leçon laissée par les morts en héritage. C'est une
série de générations sacrifiées sans aucun sens qui
occupe les cimetières et engraisse les plantes : le vou-
loir-vivre de l'univers est funeste. Qui plus est, le mensonge des survivants s'empare des morts. Aucun ne
mérite son épitaphe. Et l'on sent bien quelle est la
misanthropie de Maupassant, quand l'on constate les
petitesses, les vices, les violences qu'il prête à tous les
morts sans exception, imaginairement ressuscités
pour rétablir la vérité sur leurs faits et gestes. Dans ce
contexte, l'infidélité de la maîtresse si passionnément
aimée rentre dans le rang, n'étant qu'un chétif épisode
de la duperie universelle.*

*Adroitement mêlés à des récits plus détendus ou
franchement plaisants, les récits majeurs de ce recueil,
« Allouma », « Un soir », « Duchoux », « Le Port »,
« La Morte », témoignent de la douleur d'un Maupassant écorché vif, qui en vient à ne plus pouvoir supporter le visage de ses semblables[1] et à trouver de l'hos-
tilité dans une nature qui pourtant avait été sa grande
consolatrice. Même sa Normandie maternelle sera,
dans son roman inachevé de 1891, L'Angélus, touchée
par cette suspicion, qui pour l'instant lui gâche*

---

1. *Sur l'eau*, p. 109.

jusqu'aux joies de la découverte de l'Afrique. Dans **Sur**
l'eau[1], *il évoque une voix sortie de ses nerfs, « appel
intime, profond et désolé [...] ; la voix de ce qui passe,
de ce qui fuit, de ce qui trompe, de ce qui disparaît, de
ce que nous n'avons pas atteint, de ce que nous
n'atteindrons jamais, la maigre petite voix qui crie
l'avortement de la vie, l'inutilité de l'effort, l'impuissance de l'esprit et la faiblesse de la chair ».*

*Le rythme de cette voix, rappelant celui de la fin du
« Horla », et bien différent des phrases carrées des
débuts littéraires de Maupassant, se fait entendre dans
les reprises et les halètements du narrateur de « La
Morte » : « Que nous sommes-nous dit ? Je ne sais
plus. J'ai tout oublié, tout, tout ! Elle mourut, je me
rappelle très bien son petit soupir, son petit soupir si
faible, le dernier. La garde dit : "Ah !" Je compris, je
compris ! » Même rythme dans les phrases par les-
quelles, dans « Un soir », Trémoulin exprime son
envie de faire mourir sa femme sous la torture : « Dormait-elle ? Non, sans doute. C'était encore un mensonge ? [...] Oh ! quelle envie, une envie ignoble et
puissante, de me lever, de prendre une bougie et un
marteau, et, d'un seul coup, de lui fendre la tête, pour
voir dedans ! [...] Je n'aurais pas su ! Impossible de
savoir ! Et ses yeux ! Quand elle me regardait, j'étais
soulevé par des rages folles. » La rage de tuer l'autre, et
l'horreur de la mort de l'autre, sont bien l'expression
du même maléfice dont nous sommes les victimes.*

*Quoi d'étonnant si naissent le désir et la demande
du suicide, magistralement exposés dans « L'Endormeuse » ? Ce suicide porte le nom bien caractéristique
d'« anéantissement », dans l'établissement officielle-*

1. P. 90.

*ment approuvé, où la mort est donnée sans souffrance
à qui la veut de tout son être. Maupassant ne peut
mieux marquer l'influence sur lui de Schopenhauer,
philosophe de l'enviable néant. Influence qui recoupe
l'élan de sa sensibilité : un élan non pas entretenu et
exagéré comme celui de beaucoup d'écrivains en cette
fin de siècle (on songe à Catulle Mendès, à Jean Lor-
rain), mais fondé sur une vraie tristesse, un véritable
écœurement, ceux qu'exprimait aussi Anatole France
dans* Le Jardin d'Épicure : « *Dans un monde où toute
illumination de la foi est éteinte, le mal et la douleur
perdent jusqu'à leur signification et n'apparaissent
plus que comme des plaisanteries odieuses et des
farces sinistres* [1]. »*

*De très nombreux récits sur le suicide, qui précèdent
celui-là dans l'œuvre de Maupassant, prouvent que le
sujet était un de ceux qui l'obsédaient. Les instincts
suicidaires de sa mère, l'état de son frère, les progrès de
sa propre névrose, ne pouvaient que l'amener à réfléchir sur l'euthanasie. L'événement déclencheur de la
rédaction de « L'Endormeuse », avec l'internement
d'Hervé, fut peut-être la mort, le 18 août 1889, de Vil-
liers de l'Isle-Adam, qui avait longtemps et cruellement
souffert d'un cancer, dans des conditions de précarité
qui conduisirent Mallarmé à ouvrir une souscription
à laquelle Maupassant participa généreusement.*

*Son récit n'a pas été repris en recueil, sans doute
parce qu'il traitait d'un sujet alors absolument tabou,
et maintenant encore difficile à aborder de sang-froid.
Pourtant, « L'Endormeuse » est l'aboutissement naturel d'un état d'âme que Maupassant devait exprimer
dans « L'Inutile Beauté* [2] » : « *il suffit de réfléchir une*

1. *Le Jardin d'Épicure*, Calmann-Lévy, 1894, p. 84-85.
2. *L'Inutile Beauté*, p. 54-55.

*seconde pour comprendre que ce monde n'est pas fait
pour des créatures comme nous [...]. Ceux-là seuls qui
se rapprochent de la brute sont contents et satisfaits.
Mais les autres, les poètes, les délicats, les rêveurs, les
chercheurs, les inquiets. Ah ! les pauvres gens ! »* Ce
récit est donc l'un des plus profondément caractéristiques de « l'ennui de vivre » de Maupassant, plus fort
que le mal de vivre romantique, parce que l'amour lui-
même, avec « ce compagnon dont le cœur n'est pas
sûr[1] », est compté parmi les illusions de notre vouloir-
vivre. Rien ne le marque mieux dans « L'Endormeuse » que la vaporisation au moment de l'« anéantissement » d'un gaz inodore en soi, mais parfumé au
réséda : cette fleur, depuis la nuit des temps, a été
consacrée à Vénus.

Si la plupart des récits contenus dans La Main
gauche *sont habités par cet « ennui de vivre » pris au
sens mortifère du terme, Maupassant y fait preuve
d'une maîtrise que la névrose, elle, n'a pas encore
atteinte : art de l'infrapsychologie, des symbolisations
et des transferts, multiplicité des doubles et des
miroirs, vie intense de ces objets dont il proclamait
que le plus humble est porteur de sens, virtuosité pour
se glisser dans les personnalités les plus éloignées de
lui, celle de Boitelle, celle de la femme victime d'un
chantage dans « L'Ordonnance » ou de la mondaine
lasse de sa liaison dans « Le Rendez-vous ». Maupassant utilise là toute une gamme de motifs, de paysages
et de personnages. Ce qui est notable, c'est l'apparente
facilité d'une écriture longtemps victime de malenten-*

---

1. Ces mots de Vigny sont cités par Maupassant à la fin du récit
« Nos lettres », *Clair de lune*, p. 197.

dus, justement parce que qu'elle ne se révèle de grand métier qu'à l'examen. Mais elle n'en entraîne que plus immédiatement le lecteur dans des sensations et des réflexions qui sont assez éloignées de ce que l'on pourrait attendre au premier abord du titre La Main gauche. *Si la malignité souriante ou la farce ne sont pas absentes du recueil, les récits qu'il contient, tout en traitant des liaisons hors norme, sont bien faits aussi dans leur majorité pour nous rappeler que le côté gauche est celui que notre civilisation considère comme le côté nocturne et funeste.*

Marie-Claire Bancquart

La Main gauche

Allouma

I

Un de mes amis m'avait dit : « Si tu passes par hasard aux environs de Bordj-Ebbaba[1], pendant ton voyage en Algérie, va donc voir mon ancien camarade Auballe, qui est colon là-bas. »

J'avais oublié le nom d'Auballe et le nom d'Ebbaba et je ne songeais guère à ce colon, quand j'arrivai chez lui, par pur hasard.

Depuis un mois je rôdais à pied par toute cette région magnifique qui s'étend d'Alger à Cherchell, Orléansville et Tiaret[2]. Elle est en même temps boisée et nue, grande et intime. On rencontre, entre deux monts, des forêts de pins profondes en des vallées étroites où roulent des torrents en hiver. Des arbres énormes tombés sur le ravin servent de pont aux Arabes, et aussi aux lianes qui s'enroulent aux troncs morts et les parent d'une vie nouvelle. Il y a des creux, en des plis inconnus de montagne, d'une beauté terrifiante, et des bords de ruisselets, plats et couverts de lauriers-roses, d'une inimaginable grâce.

Mais ce qui m'a laissé au cœur les plus chers sou-

venirs en cette excursion, ce sont les marches de
l'après-midi le long des chemins un peu boisés sur
ces ondulations des côtes d'où l'on domine un
immense pays onduleux et roux depuis la mer
bleuâtre jusqu'à la chaîne de l'Ouarsenis qui porte
sur ses faîtes la forêt de cèdres de Teniet-el-Haad.

Ce jour-là je m'égarai. Je venais de gravir un sommet, d'où j'avais aperçu, au-dessus d'une série de
collines, la longue plaine de la Mitidja[1], puis par-
derrière, sur la crête d'une autre chaîne, dans un
lointain presque invisible, l'étrange monument qu'on
nomme le Tombeau de la Chrétienne[2], sépulture
d'une famille de rois de Mauritanie, dit-on. Je redes-
cendais, allant vers le Sud, découvrant devant moi
jusqu'aux cimes dressées sur le ciel clair, au seuil du
désert, une contrée bosselée, soulevée et fauve, fauve
comme si toutes ces collines étaient recouvertes de
peaux de lion cousues ensemble. Quelquefois, au
milieu d'elles, une bosse plus haute se dressait poin-
tue et jaune, pareille au dos broussailleux d'un chameau.

J'allais à pas rapides, léger, comme on l'est en suivant les sentiers tortueux sur les pentes d'une montagne. Rien ne pèse, en ces courses alertes dans l'air
vif des hauteurs, rien ne pèse, ni le corps, ni le cœur,
ni les pensées, ni même les soucis[3]. Je n'avais plus
rien en moi, ce jour-là, de tout ce qui écrase et torture notre vie, rien que la joie de cette descente. Au
loin, j'apercevais des campements arabes, tentes
brunes, pointues, accrochées au sol comme les
coquilles de mer sur les rochers, ou bien des gourbis,
huttes de branches d'où sortait une fumée grise. Des
formes blanches, hommes ou femmes, erraient
autour à pas lents ; et les clochettes des troupeaux
tintaient vaguement dans l'air du soir.

Les arbousiers sur ma route se penchaient, étrangement chargés de leurs fruits de pourpre qu'ils répandaient dans le chemin. Ils avaient l'air d'arbres martyrs d'où coulait une sueur sanglante, car au bout de chaque branchette pendait une graine rouge comme une goutte de sang.

Le sol, autour d'eux, était couvert de cette pluie suppliciale, et le pied écrasant les arbouses laissait par terre des traces de meurtre. Parfois, d'un bond, en passant, je cueillais les plus mûres pour les manger.

Tous les vallons à présent se remplissaient d'une vapeur blonde qui s'élevait lentement comme la buée des flancs d'un bœuf ; et sur la chaîne des monts qui fermaient l'horizon, à la frontière du Sahara, flamboyait un ciel de Missel. De longues traînées d'or alternaient avec des traînées de sang — encore du sang ! du sang et de l'or, toute l'histoire humaine — et parfois entre elles s'ouvrait une trouée mince sur un azur verdâtre, infiniment lointain comme le rêve.

Oh ! que j'étais loin, que j'étais loin de toutes les choses et de toutes les gens dont on s'occupe autour des boulevards, loin de moi-même aussi, devenu une sorte d'être errant, sans conscience, et sans pensée, un œil qui passe, qui voit, qui aime voir, loin encore de ma route à laquelle je ne songeais plus, car aux approches de la nuit je m'aperçus que j'étais perdu.

L'ombre tombait sur la terre comme une averse de ténèbres, et je ne découvrais rien devant moi que la montagne à perte de vue. Des tentes apparurent dans un vallon, j'y descendis et j'essayai de faire comprendre au premier Arabe rencontré la direction que je cherchais.

M'a-t-il deviné ? je l'ignore ; mais il me répondit longtemps, et moi je ne compris rien. J'allais, par désespoir, me décider à passer la nuit, roulé dans un tapis, auprès du campement, quand je crus reconnaître, parmi les mots bizarres qui sortaient de sa bouche, celui de Bordj-Ebbaba.

Je répétai : « Bordj-Ebbaba. — Oui, oui. »

Et je lui montrai deux francs, une fortune. Il se mit à marcher, je le suivis. Oh ! je suivis longtemps, dans la nuit profonde, ce fantôme pâle qui courait pieds nus devant moi par les sentiers pierreux où je trébuchais sans cesse.

Soudain une lumière brilla. Nous arrivions devant la porte d'une maison blanche, sorte de fortin aux murs droits et sans fenêtres extérieures. Je frappai, des chiens hurlèrent au-dedans. Une voix française demanda : « Qui est là ? »

Je répondis :

« Est-ce ici que demeure M. Auballe ?

— Oui. »

On m'ouvrit, j'étais en face de M. Auballe lui-même, un grand garçon blond, en savates, pipe à la bouche, avec l'air d'un hercule bon enfant.

Je me nommai ; il tendit ses deux mains en disant : « Vous êtes chez vous, monsieur. »

Un quart d'heure plus tard je dînais avidement en face de mon hôte qui continuait à fumer.

Je savais son histoire. Après avoir mangé beaucoup d'argent avec les femmes, il avait placé son reste en terres algériennes, et planté des vignes.

Les vignes marchaient bien ; il était heureux, et il avait en effet l'air calme d'un homme satisfait. Je ne pouvais comprendre comment ce Parisien, ce fêteur, avait pu s'accoutumer à cette vie monotone, dans cette solitude, et je l'interrogeai.

« Depuis combien de temps êtes-vous ici ?

— Depuis neuf ans.

— Et vous n'avez pas d'atroces tristesses ?

— Non, on se fait à ce pays, et puis on finit par l'aimer. Vous ne sauriez croire comme il prend les gens par un tas de petits instincts animaux que nous ignorons en nous. Nous nous y attachons d'abord par nos organes à qui il donne des satisfactions secrètes que nous ne raisonnons pas. L'air et le climat font la conquête de notre chair, malgré nous, et la lumière gaie dont il est inondé tient l'esprit clair et content, à peu de frais. Elle entre en nous à flots, sans cesse, par les yeux, et on dirait vraiment qu'elle lave tous les coins sombres de l'âme.

— Mais les femmes ?

— Ah !... ça manque un peu !

— Un peu seulement ?

— Mon Dieu, oui... un peu. Car on trouve toujours, même dans les tribus, des indigènes complaisants qui pensent aux nuits du Roumi. »

Il se tourna vers l'Arabe qui me servait, un grand garçon brun dont l'œil noir luisait sous le turban, et il lui dit :

« Va-t'en, Mohammed, je t'appellerai quand j'aurai besoin de toi. »

Puis, à moi :

« Il comprend le français et je vais vous conter une histoire où il joue un grand rôle. »

L'homme étant parti, il commença :

J'étais ici depuis quatre ans environ, encore peu installé, à tous égards, dans ce pays dont je commençais à balbutier la langue, et obligé pour ne pas rompre tout à fait avec des passions qui m'ont été fatales d'ailleurs, de faire à Alger un voyage de quelques jours, de temps en temps.

J'avais acheté cette ferme, ce bordj, ancien poste fortifié, à quelques centaines de mètres du campement indigène dont j'emploie les hommes à mes cultures. Dans cette tribu, fraction des Oulad-Taadja, je choisis en arrivant, pour mon service particulier, un grand garçon, celui que vous venez de voir, Mohammed ben Lam'har, qui me fut bientôt extrêmement dévoué. Comme il ne voulait pas coucher dans une maison dont il n'avait point l'habitude, il dressa sa tente à quelques pas de la porte, afin que je pusse l'appeler de ma fenêtre.

Ma vie, vous la devinez ? Tout le jour, je suivais les défrichements et les plantations, je chassais un peu, j'allais dîner avec les officiers des postes voisins, ou bien ils venaient dîner chez moi.

Quant aux... plaisirs — je vous les ai dits. Alger m'offrait les plus raffinés ; et de temps en temps, un Arabe complaisant et compatissant m'arrêtait au milieu d'une promenade pour me proposer d'amener chez moi, à la nuit, une femme de tribu. J'acceptais quelquefois, mais, le plus souvent, je refusais, par crainte des ennuis que cela pouvait me créer.

Et, un soir, en rentrant d'une tournée dans les terres, au commencement de l'été, ayant besoin de Mohammed, j'entrai dans sa tente sans l'appeler. Cela m'arrivait à tout moment.

Sur un de ces grands tapis rouges en haute laine du Djebel-Amour[1], épais et doux comme des matelas, une femme, une fille, presque nue, dormait, les bras croisés sur ses yeux. Son corps blanc, d'une blancheur luisante sous le jet de lumière de la toile soulevée, m'apparut comme un des plus parfaits

échantillons de la race humaine que j'eusse vus. Les
femmes sont belles par ici, grandes, et d'une rare
harmonie de traits et de lignes.

Un peu confus, je laissai retomber le bord de la
tente et je rentrai chez moi.

J'aime les femmes ! L'éclair de cette vision m'avait
traversé et brûlé, ranimant en mes veines la vieille
ardeur redoutable à qui je dois d'être ici. Il faisait
chaud, c'était en juillet, et je passai presque toute la
nuit à ma fenêtre, les yeux sur la tache sombre que
faisait à terre la tente de Mohammed.

Quand il entra dans ma chambre, le lendemain, je
le regardai bien en face, et il baissa la tête comme un
homme confus, coupable. Devinait-il ce que je
savais ?

Je lui demandai brusquement :

« Tu es donc marié, Mohammed ? »

Je le vis rougir et il balbutia :

« Non, moussié ! »

Je le forçais à parler français et à me donner des
leçons d'arabe, ce qui produisait souvent une langue
intermédiaire des plus incohérentes.

Je repris :

« Alors, pourquoi y a-t-il une femme chez toi ? »

Il murmura :

« Il est du Sud.

— Ah ! elle est du Sud. Cela ne m'explique pas
comment elle se trouve sous ta tente. »

Sans répondre à ma question, il reprit :

« Il est très joli.

— Ah ! vraiment. Eh bien, une autre fois, quand
tu recevras comme ça une très jolie femme du Sud,
tu auras soin de la faire entrer dans mon gourbi et
non dans le tien. Tu entends, Mohammed ? »

Il répondit avec un grand sérieux :

« Oui, moussié. »

J'avoue que pendant toute la journée je demeurai sous l'émotion agressive du souvenir de cette fille arabe étendue sur un tapis rouge ; et, en rentrant, à l'heure du dîner, j'eus une forte envie de traverser de nouveau la tente de Mohammed. Durant la soirée, il fit son service comme toujours, tournant autour de moi avec sa figure impassible, et je faillis plusieurs fois lui demander s'il allait garder longtemps sous son toit de poil de chameau cette demoiselle du Sud, qui était très jolie.

Vers neuf heures, toujours hanté par ce goût de la femme, qui est tenace comme l'instinct de chasse chez les chiens, je sortis pour prendre l'air et pour rôder un peu dans les environs du cône de toile brune à travers laquelle j'apercevais le point brillant d'une lumière.

Puis je m'éloignai, pour n'être pas surpris par Mohammed dans les environs de son logis.

En rentrant, une heure plus tard, je vis nettement son profil à lui, sous sa tente. Puis ayant tiré ma clef de ma poche, je pénétrai dans le bordj où couchaient, comme moi, mon intendant, deux laboureurs de France et une vieille cuisinière cueillie à Alger.

Je montai mon escalier et je fus surpris en remarquant un filet de clarté sous ma porte. Je l'ouvris, et j'aperçus en face de moi, assise sur une chaise de paille à côté de la table où brûlait une bougie, une fille au visage d'idole, qui semblait m'attendre avec tranquillité, parée de tous les bibelots d'argent que les femmes du Sud portent aux jambes, aux bras, sur la gorge et jusque sur le ventre[1]. Ses yeux agrandis

par le khôl jetaient sur moi un large regard ; et
quatre petits signes bleus finement tatoués sur la
chair étoilaient son front, ses joues et son menton.
Ses bras, chargés d'anneaux, reposaient sur ses
cuisses que recouvrait, tombant des épaules, une
sorte de gebba[1] de soie rouge dont elle était vêtue.

En me voyant entrer, elle se leva et resta devant
moi, debout, couverte de ses bijoux sauvages, dans
une attitude de fière soumission.

« Que fais-tu ici ? lui dis-je en arabe.

— J'y suis parce qu'on m'a ordonné de venir.

— Qui te l'a ordonné ?

— Mohammed.

— C'est bon. Assieds-toi. »

Elle s'assit, baissa les yeux, et je demeurai devant
elle, l'examinant.

La figure était étrange, régulière, fine et un peu
bestiale, mais mystique comme celle d'un Bouddha.
Les lèvres, fortes et colorées d'une sorte de floraison
rouge qu'on retrouvait ailleurs sur son corps, indiquaient un léger mélange de sang noir, bien que les
mains et les bras fussent d'une blancheur irrépro-
chable.

J'hésitais sur ce que je devais faire, troublé, tenté
et confus. Pour gagner du temps et me donner le loi-
sir de la réflexion, je lui posai d'autres questions, sur
son origine, son arrivée dans ce pays et ses rapports
avec Mohammed. Mais elle ne répondit qu'à celles
qui m'intéressaient le moins et il me fut impossible
de savoir pourquoi elle était venue, dans quelle
intention, sur quel ordre, depuis quand, ni ce qui
s'était passé entre elle et mon serviteur.

Comme j'allais lui dire : « Retourne sous la tente
de Mohammed », elle me devina peut-être, se dressa

brusquement et levant ses deux bras découverts dont
tous les bracelets sonores glissèrent ensemble vers
ses épaules, elle croisa ses mains derrière mon cou
en m'attirant avec un air de volonté suppliante et
irrésistible.

Ses yeux, allumés par le désir de séduire, par ce
besoin de vaincre l'homme qui rend fascinant
comme celui des félins le regard impur des femmes,
m'appelaient, m'enchaînaient, m'ôtaient toute force
de résistance, me soulevaient d'une ardeur impé-
tueuse. Ce fut une lutte courte, sans paroles, violente, entre les prunelles seules, l'éternelle lutte entre
les deux brutes humaines, le mâle et la femelle, où le
mâle est toujours vaincu.

Ses mains, derrière ma tête m'attiraient d'une
pression lente, grandissante, irrésistible comme une
force mécanique, vers le sourire animal de ses lèvres
rouges où je collai soudain les miennes en enlaçant
ce corps presque nu et chargé d'anneaux d'argent
qui tintèrent, de la gorge aux pieds, sous mon
étreinte.

Elle était nerveuse, souple et saine comme une
bête, avec des airs, des mouvements, des grâces et
une sorte d'odeur de gazelle, qui me firent trouver à
ses baisers une rare saveur inconnue, étrangère à
mes sens comme un goût de fruit des tropiques.

Bientôt... je dis bientôt, ce fut peut-être aux
approches du matin, je la voulus renvoyer, pensant
qu'elle s'en irait ainsi qu'elle était venue, et ne me
demandant pas encore ce que je ferais d'elle, ou ce
qu'elle ferait de moi.

Mais dès qu'elle eut compris mon intention, elle
murmura :

« Si tu me chasses, où veux-tu que j'aille maintenant ? Il faudra que je dorme sur la terre, dans la nuit. Laisse-moi me coucher sur le tapis, au pied de ton lit. »

Que pouvais-je répondre ? Que pouvais-je faire ? Je pensai que Mohammed, sans doute, regardait à son tour la fenêtre éclairée de ma chambre ; et des questions de toute nature, que je ne m'étais point posées dans le trouble des premiers instants, se formulèrent nettement.

« Reste ici, dis-je, nous allons causer. »

Ma résolution fut prise en une seconde. Puisque cette fille avait été jetée ainsi dans mes bras, je la garderais, j'en ferais une sorte de maîtresse esclave, cachée dans le fond de ma maison, à la façon des femmes des harems. Le jour où elle ne me plairait plus, il serait toujours facile de m'en défaire d'une façon quelconque, car ces créatures-là, sur le sol africain, nous appartenaient presque corps et âme.

Je lui dis :

« Je veux bien être bon pour toi. Je te traiterai de façon à ce que tu ne sois pas malheureuse, mais je veux savoir ce que tu es, et d'où tu viens. »

Elle comprit qu'il fallait parler et me conta son histoire, ou plutôt une histoire, car elle dut mentir d'un bout à l'autre, comme mentent tous les Arabes, toujours, avec ou sans motifs.

C'est là un des signes les plus surprenants et les plus incompréhensibles du caractère indigène : le mensonge[1]. Ces hommes en qui l'islamisme s'est incarné jusqu'à faire partie d'eux, jusqu'à modeler leurs instincts, jusqu'à modifier la race entière et à la différencier des autres au moral autant que la couleur de la peau différencie le nègre du blanc, sont menteurs dans les moelles au point que jamais on ne peut se fier à leurs dires. Est-ce à leur religion qu'ils doivent cela ? Je l'ignore. Il faut avoir vécu parmi eux pour savoir combien le mensonge fait partie de leur être, de leur cœur, de leur âme, est devenu chez eux une sorte de seconde nature, une nécessité de la vie.

Elle me raconta donc qu'elle était fille d'un caïd des Ouled Sidi Cheik[1] et d'une femme enlevée par lui dans une razzia sur les Touareg. Cette femme devait être une esclave noire, ou du moins provenir d'un premier croisement de sang arabe et de sang nègre. Les négresses, on le sait, sont fort prisées dans les harems où elles jouent le rôle d'aphrodisiaques.

Rien de cette origine d'ailleurs n'apparaissait hors cette couleur empourprée des lèvres et les fraises sombres de ses seins allongés, pointus et souples comme si des ressorts les eussent dressés. À cela, un regard attentif ne se pouvait tromper. Mais tout le reste appartenait à la belle race du Sud, blanche, svelte, dont la figure fine est faite de lignes droites et simples comme une tête d'image indienne. Les yeux très écartés augmentaient encore l'air un peu divin de cette rôdeuse du désert.

De son existence véritable, je ne sus rien de précis. Elle me la conta par détails incohérents qui semblaient surgir au hasard dans une mémoire en désordre ; et elle y mêlait des observations délicieusement puériles, toute une vision du monde nomade[2] née dans une cervelle d'écureuil qui a sauté de tente en tente, de campement en campement, de tribu en tribu.

Et cela était débité avec l'air sévère que garde toujours ce peuple drapé, avec des mines d'idole qui potine et une gravité un peu comique.

Quand elle eut fini, je m'aperçus que je n'avais rien retenu de cette longue histoire pleine d'événements insignifiants, emmagasinés en sa légère cervelle, et je me demandai si elle ne m'avait pas berné très simplement par ce bavardage vide et sérieux qui ne m'apprenait rien sur elle ou sur aucun fait de sa vie.

Et je pensais à ce peuple vaincu au milieu duquel nous campons ou plutôt qui campe au milieu de nous, dont nous commençons à parler la langue, que nous voyons vivre chaque jour sous la toile transparente de ses tentes, à qui nous imposons nos lois, nos règlements et nos coutumes, et dont nous ignorons tout, mais tout, entendez-vous, comme si nous n'étions pas là, uniquement occupés à le regarder depuis bientôt soixante ans[1]. Nous ne savons pas davantage ce qui se passe sous cette hutte de branches et sous ce petit cône d'étoffe cloué sur la terre avec des pieux, à vingt mètres de nos portes, que nous ne savons encore ce que font, ce que pensent, ce que sont les Arabes dits civilisés des maisons mauresques d'Alger. Derrière le mur peint à la chaux de leur demeure des villes, derrière la cloison de branches de leur gourbi, ou derrière ce mince rideau brun de poil de chameau que secoue le vent, ils vivent près de nous, inconnus, mystérieux, menteurs, sournois, soumis, souriants, impénétrables. Si je vous disais qu'en regardant de loin, avec ma jumelle, le campement voisin, je devine qu'ils ont des superstitions, des cérémonies, mille usages encore ignorés de nous, pas même soupçonnés ! Jamais peut-être un peuple conquis par la force n'a su échapper aussi complètement à la domination réelle, à l'influence morale, et à l'investigation acharnée, mais inutile du vainqueur.

Or, cette infranchissable et secrète barrière que la nature incompréhensible a verrouillée entre les races, je la sentais soudain, comme je ne l'avais jamais sentie, dressée entre cette fille arabe et moi, entre cette femme qui venait de se donner, de se livrer, d'offrir son corps à ma caresse et moi qui l'avait possédée.

Je lui demandai y songeant pour la première fois :
« Comment t'appelles-tu ? »

Elle était demeurée quelques instants sans parler et je la vis tressaillir comme si elle venait d'oublier que j'étais là, tout contre elle. Alors, dans ses yeux levés sur moi, je devinai que cette minute avait suffi pour que le sommeil tombât sur elle, un sommeil irrésistible et brusque, presque foudroyant, comme tout ce qui s'empare des sens mobiles des femmes.

Elle répondit nonchalamment avec un bâillement arrêté dans la bouche :
« Allouma. »
Je repris :
« Tu as envie de dormir ?
— Oui, dit-elle.
— Eh bien ! dors. »

Elle s'allongea tranquillement à mon côté, étendue sur le ventre, le front posé sur ses bras croisés, et je sentis presque tout de suite que sa fuyante pensée de sauvage s'était éteinte dans le repos.

Moi, je me mis à rêver, couché près d'elle, cherchant à comprendre. Pourquoi Mohammed me l'avait-il donnée ? Avait-il agi en serviteur magnanime qui se sacrifie pour son maître jusqu'à lui céder la femme attirée en sa tente pour lui-même, ou bien avait-il obéi à une pensée plus complexe, plus pratique, moins généreuse en jetant dans mon lit cette fille qui m'avait plu ? L'Arabe, quand il s'agit de femmes, a toutes les rigueurs pudibondes et toutes les complaisances inavouables ; et on ne comprend guère plus sa morale rigoureuse et facile que tout le reste de ses sentiments. Peut-être avais-je devancé, en pénétrant par hasard sous sa tente, les intentions bienveillantes de ce prévoyant domestique qui m'avait destiné cette femme, son amie, sa complice, sa maîtresse aussi peut-être.

Toutes ces suppositions m'assaillirent et me fatiguèrent si bien que tout doucement je glissai à mon tour dans un sommeil profond.

Je fus réveillé par le grincement de ma porte ; Mohammed entrait comme tous les matins pour m'éveiller. Il ouvrit la fenêtre par où un flot de jour s'engouffrant éclaira sur le lit le corps d'Allouma toujours endormie, puis il ramassa sur le tapis mon pantalon, mon gilet et ma jaquette afin de les brosser. Il ne jeta pas un regard sur la femme couchée à mon côté, ne parut pas savoir ou remarquer qu'elle était là, et il avait sa gravité ordinaire, la même allure, le même visage. Mais la lumière, le mouvement, le léger bruit des pieds nus de l'homme, la sensation de l'air pur sur la peau et dans les poumons tirèrent Allouma de son engourdissement. Elle allongea les bras, se retourna, ouvrit les yeux, me regarda, regarda Mohammed avec la même indifférence et s'assit. Puis elle murmura :

« J'ai faim, aujourd'hui.

— Que veux-tu manger ? demandai-je.

— Kahoua.

— Du café et du pain avec du beurre ?

— Oui. »

Mohammed, debout près de notre couche, mes vêtements sur les bras, attendait les ordres.

« Apporte à déjeuner pour Allouma et pour moi »,
lui dis-je.

Et il sortit sans que sa figure révélât le moindre
étonnement ou le moindre ennui.

Quand il fut parti, je demandai à la jeune Arabe :
« Veux-tu habiter dans ma maison ?

— Oui, je le veux bien.

— Je te donnerai un appartement pour toi seule et
une femme pour te servir.

— Tu es généreux, et je te suis reconnaissante.

— Mais si ta conduite n'est pas bonne, je te chas-
serai d'ici.

— Je ferai ce que tu exigeras de moi. »

Elle prit ma main et la baisa, en signe de soumission.

Mohammed rentrait, portant un plateau avec le
déjeuner. Je lui dis :

« Allouma va demeurer dans la maison. Tu étale-
ras des tapis dans la chambre, au bout du couloir, et
tu feras venir ici pour la servir la femme d'Abd-el-
Kader-el-Hadara.

— Oui, moussié. »

Ce fut tout.

Une heure plus tard, ma belle Arabe était installée
dans une grande chambre claire ; et comme je venais
m'assurer que tout allait bien, elle me demanda,
d'un ton suppliant, de lui faire cadeau d'une armoire
à glace. Je promis, puis je la laissai accroupie sur un
tapis du Djebel-Amour, une cigarette à la bouche, et
bavardant avec la vieille Arabe que j'avais envoyé
chercher, comme si elles se connaissaient depuis des
années.

II

Pendant un mois, je fus très heureux avec elle et je m'attachai d'une façon bizarre à cette créature d'une autre race, qui me semblait presque d'une autre espèce, née sur une planète voisine.

Je ne l'aimais pas — non — on n'aime point les filles de ce continent primitif. Entre elles et nous, même entre elles et leurs mâles naturels, les Arabes, jamais n'éclôt la petite fleur bleue des pays du Nord. Elles sont trop près de l'animalité humaine, elles ont un cœur trop rudimentaire, une sensibilité trop peu affinée, pour éveiller dans nos âmes l'exaltation sentimentale qui est la poésie de l'amour. Rien d'intellectuel, aucune ivresse de la pensée ne se mêle à l'ivresse sensuelle que provoquent en nous ces êtres charmants et nus.

Elles nous tiennent pourtant, elles nous prennent, comme les autres, mais d'une façon différente, moins tenace, moins cruelle, moins douloureuse.

Ce que j'éprouvai pour celle-ci, je ne saurais encore l'expliquer d'une façon précise. Je vous disais tout à l'heure que ce pays, cette Afrique nue, sans arts, vide de toutes les joies intelligentes, fait peu à peu la conquête de notre chair par un charme inconnaissable et sûr, par la caresse de l'air, par la douceur constante des aurores et des soirs, par sa lumière délicieuse, par le bien-être discret dont elle baigne tous nos organes ! Eh bien ! Allouma me prit de la même façon, par mille attraits cachés, captivants et physiques, par la séduction pénétrante non

point de ses embrassements, car elle était d'une non-
chalance tout orientale, mais de ses doux abandons.

Je la laissais absolument libre d'aller et de venir à
sa guise et elle passait au moins un après-midi sur
deux dans le campement voisin, au milieu des
femmes de mes agriculteurs indigènes. Souvent
aussi, elle demeurait durant une journée presque
entière, à se mirer dans l'armoire à glace en acajou
que j'avais fait venir de Miliana[1]. Elle s'admirait en
toute conscience, debout, devant la grande porte de
verre où elle suivait ses mouvements avec une attention profonde et grave. Elle marchait la tête un peu
penchée en arrière, pour juger ses hanches et ses
reins, tournait, s'éloignait, se rapprochait, puis, fati-
guée enfin de se mouvoir, elle s'asseyait sur un cous-
sin et demeurait en face d'elle-même, les yeux dans
ses yeux, le visage sévère, l'âme noyée dans cette
contemplation.

Bientôt, je m'aperçus qu'elle sortait presque
chaque jour après le déjeuner, et qu'elle disparaissait
complètement jusqu'au soir.

Un peu inquiet, je demandai à Mohammed s'il
savait ce qu'elle pouvait faire pendant ces longues
heures d'absence. Il répondit avec tranquillité :

« Ne te tourmente pas, c'est bientôt le Ramadan.
Elle doit aller à ses dévotions. »

Lui aussi semblait ravi de la présence d'Allouma
dans la maison ; mais pas une fois je ne surpris entre
eux le moindre signe un peu suspect, pas une fois, ils
n'eurent l'air de se cacher de moi, de s'entendre, de
me dissimuler quelque chose.

J'acceptais donc la situation telle quelle sans la
comprendre, laissant agir le temps, le hasard et la
vie.

Souvent, après l'inspection de mes terres, de mes vignes, de mes défrichements, je faisais à pied de grandes promenades. Vous connaissez les superbes forêts de cette partie de l'Algérie, ces ravins presque impénétrables où les sapins abattus barrent les torrents, et ces petits vallons de lauriers-roses qui, du haut des montagnes, semblent des tapis d'Orient étendus le long des cours d'eau. Vous savez qu'à tout moment, dans ces bois et sur ces côtes, où on croirait que personne jamais n'a pénétré, on rencontre tout à coup le dôme de neige d'une koubba[1] renfermant les os d'un humble marabout, d'un marabout isolé, à peine visité de temps en temps par quelques fidèles obstinés, venus du douar[2] voisin avec une bougie dans leur poche pour l'allumer sur le tombeau du saint.

Or, un soir, comme je rentrais, je passai auprès d'une de ces chapelles mahométanes, et ayant jeté un regard par la porte toujours ouverte, je vis qu'une femme priait devant la relique. C'était un tableau charmant, cette Arabe assise par terre, dans cette chambre délabrée, où le vent entrait à son gré et amassait dans les coins, en tas jaunes, les fines aiguilles sèches tombées des pins. Je m'approchai pour mieux regarder, et je reconnus Allouma. Elle ne me vit pas, ne m'entendit point, absorbée tout entière par le souci du saint ; et elle parlait, à mi-voix, elle lui parlait, se croyant bien seule avec lui, racontant au serviteur de Dieu toutes ses préoccupations. Parfois elle se taisait un peu pour méditer, pour chercher ce qu'elle avait encore à dire, pour ne rien oublier de sa provision de confidences ; et parfois aussi elle s'animait comme s'il lui eût répondu, comme s'il lui eût conseillé une chose qu'elle ne vou-

lait point faire et qu'elle combattait avec des raisonnements.

Je m'éloignai, sans bruit, ainsi que j'étais venu, et
je rentrai pour dîner.

Le soir, je la fis venir et je la vis entrer avec un air
soucieux qu'elle n'avait point d'ordinaire.

« Assieds-toi là », lui dis-je en lui montrant sa
place sur le divan, à mon côté.

Elle s'assit et comme je me penchais vers elle pour
l'embrasser elle éloigna sa tête avec vivacité.

Je fus stupéfait et je demandai :

« Eh bien, qu'y a-t-il ?

— C'est Ramadan », dit-elle.

Je me mis à rire.

« Et le Marabout t'a défendu de te laisser embrasser pendant le Ramadan ?

— Oh oui, je suis une Arabe et tu es un Roumi !

— Ce serait un gros péché ?

— Oh oui !

— Alors tu n'as rien mangé de la journée, jusqu'au
coucher du soleil ?

— Non, rien.

— Mais au soleil couché tu as mangé ?

— Oui.

— Eh bien, puisqu'il fait nuit tout à fait tu ne peux
pas être plus sévère pour le reste que pour la
bouche. »

Elle semblait crispée, froissée, blessée et elle reprit
avec une hauteur que je ne lui connaissais pas :

« Si une fille arabe se laissait toucher par un
Roumi pendant le Ramadan, elle serait maudite
pour toujours.

— Et cela va durer tout le mois ? »

Elle répondit avec conviction :

« Oui, tout le mois de Ramadan. »

Je pris un air irrité et je lui dis :

« Eh bien, tu peux aller le passer dans ta famille, le Ramadan. »

Elle saisit mes mains et les portant sur son cœur :

« Oh ! je te prie, ne sois pas méchant, tu verras comme je serai gentille. Nous ferons Ramadan ensemble, veux-tu ? Je te soignerai, je te gâterai, mais ne sois pas méchant. »

Je ne pus m'empêcher de sourire tant elle était drôle et désolée, et je l'envoyai coucher chez elle.

Une heure plus tard, comme j'allais me mettre au lit, deux petits coups furent frappés à ma porte, si légers que je les entendis à peine.

Je criai : « Entrez » et je vis apparaître Allouma portant devant elle un grand plateau chargé de friandises arabes, de croquettes sucrées, frites et sautées, de toute une pâtisserie bizarre de nomade.

Elle riait, montrant ses belles dents, et elle répéta :

« Nous allons faire Ramadan ensemble. »

Vous savez que le jeûne, commencé à l'aurore et terminé au crépuscule, au moment où l'œil ne distingue plus un fil blanc d'un fil noir, est suivi chaque soir de petites fêtes intimes où on mange jusqu'au matin. Il en résulte que, pour les indigènes peu scrupuleux, le Ramadan consiste à faire du jour la nuit, et de la nuit le jour. Mais Allouma poussait plus loin la délicatesse de conscience. Elle installa son plateau entre nous deux, sur le divan, et prenant avec ses longs doigts minces une petite boulette poudrée, elle me la mit dans la bouche en murmurant :

« C'est bon, mange. »

Je croquai le léger gâteau qui était excellent, en effet, et je lui demandai :

« C'est toi qui as fait ça ?

— Oui, c'est moi.

— Pour moi ?

— Oui, pour toi.

— Pour me faire supporter le Ramadan ?

— Oui, ne sois pas méchant ! Je t'en apporterai tous les jours. »

Oh ! le terrible mois que je passai là ! un mois sucré, douceâtre, enrageant, un mois de gâteries et de tentations, de colères et d'efforts vains contre une invincible résistance.

Puis, quand arrivèrent les trois jours du Beïram[1], je les célébrai à ma façon et le Ramadan fut oublié.

L'été s'écoula, il fut très chaud. Vers les premiers jours de l'automne, Allouma me parut préoccupée, distraite, désintéressée de tout.

Or, un soir, comme je la faisais appeler, on ne la trouva point dans sa chambre. Je pensai qu'elle rôdait dans la maison et j'ordonnai qu'on la cherchât. Elle n'était pas rentrée ; j'ouvris la fenêtre et je criai :

« Mohammed ! »

La voix de l'homme couché sous sa tente répondit :

« Oui, moussié.

— Sais-tu où est Allouma ?

— Non, moussié — pas possible — Allouma perdu ? »

Quelques secondes après, mon Arabe entrait chez moi, tellement ému qu'il ne maîtrisait point son trouble. Il demanda :

« Allouma perdu ?

— Mais oui, Allouma perdu.

— Pas possible ?

— Cherche », lui dis-je.

Il restait debout, songeant, cherchant, ne comprenant pas. Puis il entra dans la chambre vide où les vêtements d'Allouma traînaient, dans un désordre oriental. Il regarda tout comme un policier, ou plutôt il flaira comme un chien, puis, incapable d'un long effort, il murmura avec résignation :

« Parti, il est parti ! »

Moi je craignais un accident, une chute, une entorse au fond d'un ravin, et je fis mettre sur pied tous les hommes du campement avec ordre de la chercher jusqu'à ce qu'on l'eût retrouvée.

On la chercha toute la nuit, on la chercha le lendemain, on la chercha toute la semaine. Aucune trace ne fut découverte pouvant mettre sur la piste. Moi je souffrais ; elle me manquait ; ma maison me semblait vide et mon existence déserte. Puis des idées inquiétantes me passaient par l'esprit. Je craignais qu'on l'eût enlevée, ou assassinée peut-être. Mais comme j'essayais toujours d'interroger Mohammed et de lui communiquer mes appréhensions, il répondait sans varier :

« Non, parti. »

Puis il ajoutait le mot arabe « r'ézale » qui veut dire « gazelle », comme pour exprimer qu'elle courait vite et qu'elle était loin.

Trois semaines se passèrent et je n'espérais plus revoir jamais ma maîtresse arabe, quand un matin, Mohammed, les traits éclairés par la joie, entra chez moi et me dit :

« Moussié, Allouma il est revenu ! »

Je sautai du lit et je demandai :

« Où est-elle ?

— N'ose pas venir ! Là-bas, sous l'arbre ! » Et de

son bras tendu, il me montrait par la fenêtre une
tache blanchâtre au pied d'un olivier.

Je me levai et je sortis. Comme j'approchais de ce
paquet de linge qui semblait jeté contre le tronc
tordu, je reconnus les grands yeux sombres, les
étoiles tatouées, la figure longue et régulière de la
fille sauvage qui m'avait séduit. À mesure que j'avan-
çais une colère me soulevait, une envie de frapper,
de la faire souffrir, de me venger.

Je criai de loin :

« D'où viens-tu ? »

Elle ne répondit pas et demeurait immobile,
inerte, comme si elle ne vivait plus qu'à peine, résignée à mes violences, prête aux coups.

J'étais maintenant debout tout près d'elle, contemplant avec stupeur les haillons qui la couvraient, ces
loques de soie et de laine, grises de poussière,
déchiquetées, sordides.

Je répétai, la main levée comme sur un chien :

« D'où viens-tu ? »

Elle murmura :

« De là-bas !

— D'où ?

— De la tribu !

— De quelle tribu ?

— De la mienne.

— Pourquoi es-tu partie ? »

Voyant que je ne la battais point, elle s'enhardit un
peu, et, à voix basse :

« Il fallait... il fallait... je ne pouvais plus vivre dans
la maison. »

Je vis des larmes dans ses yeux, et tout de suite, je
fus attendri comme une bête. Je me penchai vers
elle, et j'aperçus, en me retournant pour m'asseoir,
Mohammed qui nous épiait, de loin.

Je repris, très doucement :

« Voyons, dis-moi pourquoi tu es partie ? »

Alors elle me conta que depuis longtemps déjà elle éprouvait en son cœur de nomade, l'irrésistible envie de retourner sous les tentes, de coucher, de courir, de se rouler sur le sable, d'errer, avec les troupeaux, de plaine en plaine, de ne plus sentir sur sa tête, entre les étoiles jaunes du ciel et les étoiles bleues de sa face, autre chose que le mince rideau de toile usée et recousue à travers lequel on aperçoit des grains de feu quand on se réveille dans la nuit.

Elle me fit comprendre cela en termes naïfs et puissants, si justes, que je sentis bien qu'elle ne mentait pas, que j'eus pitié d'elle, et que je lui demandai :

« Pourquoi ne m'as-tu pas dit que tu désirais t'en aller pendant quelque temps ?

— Parce que tu n'aurais pas voulu...

— Tu m'aurais promis de revenir et j'aurais consenti.

— Tu n'aurais pas cru. »

Voyant que je n'étais pas fâché, elle riait, et elle ajouta :

« Tu vois, c'est fini, je suis retournée chez moi et me voici. Il me fallait seulement quelques jours de là-bas. J'ai assez maintenant, c'est fini, c'est passé, c'est guéri. Je suis revenue, je n'ai plus mal. Je suis très contente. Tu n'es pas méchant.

— Viens à la maison », lui dis-je.

Elle se leva. Je pris sa main, sa main fine aux doigts minces ; et triomphante en ses loques, sous la sonnerie de ses anneaux, de ses bracelets, de ses colliers et de ses plaques, elle marcha gravement vers ma demeure, où nous attendait Mohammed.

Avant d'entrer, je repris :

« Allouma, toutes les fois que tu voudras retourner
chez toi, tu me préviendras et je te le permettrai. »

Elle demanda, méfiante :

« Tu promets ?

— Oui, je promets.

— Moi aussi, je promets. Quand j'aurai mal — et
elle posa ses deux mains sur son front avec un geste
magnifique — je te dirai "Il faut que j'aille là-bas" et
tu me laisseras partir. »

Je l'accompagnai dans sa chambre, suivi de
Mohammed qui portait de l'eau, car on n'avait pu
prévenir encore la femme d'Abd-el-Kader-el-Hadara
du retour de sa maîtresse.

Elle entra, aperçut l'armoire à glace et, la figure
illuminée, courut vers elle comme on s'élance vers
une mère retrouvée. Elle se regarda quelques
secondes, fit la moue, puis d'une voix un peu fâchée,
dit au miroir :

« Attends, j'ai des vêtements de soie dans
l'armoire. Je serai belle tout à l'heure. »

Et je la laissai seule, faire la coquette devant elle-
même.

Notre vie recommença comme auparavant et, de
plus en plus, je subissais l'attrait bizarre, tout physique, de cette fille pour qui j'éprouvais en même
temps une sorte de dédain paternel.

Pendant six mois tout alla bien, puis je sentis
qu'elle redevenait nerveuse, agitée, un peu triste. Je
lui dis, un jour :

« Est-ce que tu veux retourner chez toi ?

— Oui, je veux.

— Tu n'osais pas me le dire ?

— Je n'osais pas.

— Va, je permets. »

Elle saisit mes mains et les baisa comme elle faisait en tous ses élans de reconnaissance, et, le lendemain, elle avait disparu.

Elle revint, comme la première fois, au bout de
trois semaines environ, toujours déguenillée, noire
de poussière et de soleil, rassasiée de vie nomade, de
sable et de liberté. En deux ans elle retourna ainsi
quatre fois chez elle[1].

Je la reprenais gaiement, sans jalousie, car pour
moi la jalousie ne peut naître que de l'amour, tel que
nous le comprenons chez nous. Certes, j'aurais fort
bien pu la tuer si je l'avais surprise me trompant,
mais je l'aurais tuée un peu comme on assomme, par
pure violence, un chien qui désobéit. Je n'aurais pas
senti ces tourments, ce feu rongeur, ce mal horrible,
la jalousie du Nord. Je viens de dire que j'aurais pu
la tuer comme on assomme un chien qui désobéit !
Je l'aimais en effet, un peu comme on aime un animal très rare, chien ou cheval, impossible à remplacer. C'était une bête admirable, une bête sensuelle,
une bête à plaisir qui avait un corps de femme.

Je ne saurais vous exprimer quelles distances
incommensurables séparaient nos âmes, bien que
nos cœurs, peut-être, se fussent frôlés, échauffés l'un
l'autre, par moments. Elle était quelque chose de ma
maison, de ma vie, une habitude fort agréable à
laquelle je tenais et qu'aimait en moi l'homme charnel, celui qui n'a que des yeux et des sens.

Or, un matin, Mohammed entra chez moi avec
une figure singulière, ce regard inquiet des Arabes
qui ressemble au regard fuyant d'un chat en face
d'un chien.

Je lui dis, en apercevant cette figure :

« Hein ? qu'y a-t-il ?

— Allouma il est parti. »
Je me mis à rire.
« Parti, où ça ?
— Parti tout à fait, moussié !
— Comment, parti tout à fait ?
— Oui, moussié.
— Tu es fou, mon garçon ?
— Non, moussié.
— Pourquoi ça parti ? Comment ? Voyons ?
Explique-toi ! »
Il demeurait immobile, ne voulant pas parler ;
puis, soudain il eut une de ces explosions de colère
arabe qui nous arrêtent dans les rues des villes
devant deux énergumènes, dont le silence et la gra-
vité orientales font place brusquement aux plus
extrêmes gesticulations et aux vociférations les plus
féroces.

Et je compris au milieu de ces cris qu'Allouma
s'était enfuie avec mon berger.

Je dus calmer Mohammed et tirer de lui, un à un,
des détails.

Ce fut long, j'appris enfin que depuis huit jours il
épiait ma maîtresse qui avait des rendez-vous, derrière les bois de cactus voisins ou dans le ravin de
lauriers-roses, avec une sorte de vagabond, engagé
comme berger par mon intendant, à la fin du mois
précédent.

La nuit dernière, Mohammed l'avait vue sortir
sans la voir rentrer ; et il répétait, d'un air exaspéré.

« Parti, moussié, il est parti ! »

Je ne sais pourquoi, mais sa conviction, la conviction de cette fuite avec ce rôdeur, était entrée en
moi, en une seconde, absolue, irrésistible. Cela était
absurde, invraisemblable et certain en vertu de
l'irraisonnable qui est la seule logique des femmes.

Le cœur serré, une colère dans le sang, je cherchais à me rappeler les traits de cet homme, et je me souvins tout à coup que je l'avais vu, l'autre semaine, debout sur une butte de terre, au milieu de son troupeau, et me regardant. C'était une sorte de grand Bédouin dont la couleur des membres nus se confondait avec celle des haillons, un type de brute barbare aux pommettes saillantes, au nez crochu, au menton fuyant, aux jambes sèches, une haute carcasse en guenilles avec des yeux faux de chacal.

Je ne doutais point — oui — elle avait fui avec ce gueux. Pourquoi ? Parce qu'elle était Allouma, une fille du sable. Une autre, à Paris, fille du trottoir, aurait fui avec mon cocher ou avec un rôdeur de barrière.

« C'est bon, dis-je à Mohammed. Si elle est partie, tant pis pour elle. J'ai des lettres à écrire. Laisse-moi seul. »

Il s'en alla, surpris de mon calme. Moi, je me levai, j'ouvris ma fenêtre et je me mis à respirer, par grands souffles qui m'entraient au fond de la poitrine, l'air étouffant venu du Sud, car le sirocco soufflait.

Puis je pensai : « Mon Dieu, c'est une... une femme, comme bien d'autres. Sait-on... sait-on ce qui les fait agir, ce qui les fait aimer, suivre ou lâcher un homme ? »

Oui, on sait quelquefois — souvent, on ne sait pas. Par moments, on doute !

Pourquoi a-t-elle disparu avec cette brute répugnante ? Pourquoi ? Peut-être parce que depuis un mois le vent vient du Sud presque régulièrement.

Cela suffit ! un souffle ! Sait-elle, savent-elles, le plus souvent, même les plus fines et les plus compliquées, pourquoi elles agissent ? Pas plus qu'une girouette qui tourne au vent. Une brise insensible fait pivoter la flèche de fer, de cuivre, de tôle ou de bois, de même qu'une influence imperceptible, une impression insaisissable remue, et pousse aux résolutions le cœur changeant des femmes, qu'elles soient des villes, des champs, des faubourgs ou du désert.

Elles peuvent sentir, ensuite, si elles raisonnent et comprennent, pourquoi elles ont fait ceci plutôt que cela ; mais sur le moment elles l'ignorent, car elles sont les jouets de leur sensibilité à surprises, les esclaves étourdies des événements, des milieux, des émotions, des rencontres et de tous les effleurements dont tressaillent leur âme et leur chair !

M. Auballe s'était levé. Il fit quelques pas, me regarda, et dit en souriant :

« Voilà un amour dans le désert ! »

Je demandai :

« Si elle revenait ? »

Il murmura :

« Sale fille !... Cela me ferait plaisir tout de même.

— Et vous pardonneriez le berger ?

— Mon Dieu, oui. Avec les femmes il faut toujours pardonner... ou ignorer. »

Hautot père et fils

I

Devant la porte de la maison, demi-ferme, demi-manoir, une de ces habitations rurales mixtes qui furent presque seigneuriales et qu'occupent à présent de gros cultivateurs, les chiens, attachés aux pommiers de la cour[1], aboyaient et hurlaient à la vue des carnassières portées par le garde et des gamins. Dans la grande salle à manger-cuisine, Hautot père, Hautot fils, M. Bermont, le percepteur, et M. Mondaru, le notaire, cassaient une croûte et buvaient un verre avant de se mettre en chasse, car c'était jour d'ouverture.

Hautot père, fier de tout ce qu'il possédait, vantait d'avance le gibier que ses invités allaient trouver sur ses terres. C'était un grand Normand, un de ces hommes puissants, sanguins, osseux, qui lèvent sur leurs épaules des voitures de pommes. Demi-paysan, demi-monsieur, riche, respecté, influent, autoritaire, il avait fait suivre ses classes, jusqu'en troisième, à son fils Hautot César, afin qu'il eût de l'instruction, et il avait arrêté là ses études de peur qu'il devînt un monsieur indifférent à la terre.

Hautot César, presque aussi haut que son père, mais plus maigre, était un bon garçon de fils, docile, content de tout, plein d'admiration, de respect et de déférence pour les volontés et les opinions de Hautot père.

M. Bermont, le percepteur, un petit gros qui montrait sur ses joues rouges de minces réseaux de veines violettes pareils aux affluents et au cours tortueux des fleuves sur les cartes de géographie, demandait :

« Et du lièvre — y en a-t-il, du lièvre ?... »

Hautot père répondit :

« Tant que vous en voudrez, surtout dans les fonds du Puysatier.

— Par où commençons-nous ? » interrogea le notaire, un bon vivant de notaire gras et pâle, bedonnant aussi et sanglé dans un costume de chasse tout neuf, acheté à Rouen l'autre semaine.

« Eh bien, par là, par les fonds. Nous jetterons les perdrix dans la plaine et nous nous rabattrons dessus. »

Et Hautot père se leva. Tous l'imitèrent, prirent leurs fusils dans les coins, examinèrent les batteries, tapèrent du pied pour s'affermir dans leurs chaussures un peu dures, pas encore assouplies par la chaleur du sang ; puis ils sortirent ; et les chiens se dressant au bout des attaches poussèrent des hurlements aigus en battant l'air de leurs pattes.

On se mit en route vers les fonds. C'était un petit vallon, ou plutôt une grande ondulation de terres de mauvaise qualité, demeurées incultes pour cette raison, sillonnées de ravines, couvertes de fougères, excellente réserve de gibier.

Les chasseurs s'espacèrent, Hautot père tenant la droite, Hautot fils tenant la gauche, et les deux invités au milieu. Le garde et les porteurs de carniers suivaient. C'était l'instant solennel où on attend le premier coup de fusil, où le cœur bat un peu, tandis que le doigt nerveux tâte à tout instant les gâchettes.

Soudain, il partit, ce coup ! Hautot père avait tiré. Tous s'arrêtèrent et virent une perdrix, se détachant d'une compagnie qui fuyait à tire-d'aile, tomber dans un ravin sous une broussaille épaisse. Le chasseur excité se mit à courir, enjambant, arrachant les ronces qui le retenaient, et il disparut à son tour dans le fourré, à la recherche de sa pièce.

Presque aussitôt, un second coup de feu retentit.

« Ah ! ah ! le gredin, cria M. Bermont, il aura déniché un lièvre là-dessous. »

Tous attendaient, les yeux sur ce tas de branches impénétrables au regard.

Le notaire, faisant un porte-voix de ses mains, hurla : « Les avez-vous ? » Hautot père ne répondit pas ; alors, César, se tournant vers le garde, lui dit : « Va donc l'aider, Joseph. Il faut marcher en ligne. Nous attendrons. »

Et Joseph, un vieux tronc d'homme sec, noueux, dont toutes les articulations faisaient des bosses, partit d'un pas tranquille et descendit dans le ravin, en cherchant les trous praticables avec des précautions de renard. Puis, tout de suite, il cria :

« Oh ! v'nez ! v'nez ! y a un malheur d'arrivé. »

Tous accoururent et plongèrent dans les ronces. Hautot père, tombé sur le flanc, évanoui, tenait à deux mains son ventre d'où coulait à travers sa veste de toile déchirée par le plomb de longs filets de sang sur l'herbe. Lâchant son fusil pour saisir la perdrix

morte à portée de sa main, il avait laissé tomber
l'arme dont le second coup, partant au choc, lui avait
crevé les entrailles. On le tira du fossé, on le dévêtit,
et on vit une plaie affreuse par où les intestins sortaient. Alors, après qu'on l'eut ligaturé tant bien que
mal, on le reporta chez lui et on attendit le médecin
qu'on avait été quérir, avec un prêtre.

Quand le docteur arriva, il remua la tête gravement, et se tournant vers Hautot fils qui sanglotait
sur une chaise :

« Mon pauvre garçon, dit-il, ça n'a pas bonne tournure. »

Mais quand le pansement fut fini, le blessé remua
les doigts, ouvrit la bouche, puis les yeux, jeta devant
lui des regards troubles, hagards, puis parut chercher dans sa mémoire, se souvenir, comprendre, et il
murmura :

« Nom d'un nom, ça y est ! »

Le médecin lui tenait la main.

« Mais non, mais non, quelques jours de repos
seulement, ça ne sera rien. »

Hautot reprit :

« Ça y est ! j'ai l'ventre crevé ! Je le sais bien. »

Puis soudain :

« J'veux parler au fils, si j'ai le temps. »

Hautot fils, malgré lui, larmoyait et répétait
comme un petit garçon :

« P'pa, p'pa, pauv'e p'pa ! »

Mais le père, d'un ton plus ferme :

« Allons pleure pu, c'est pas le moment. J'ai à te
parler. Mets-toi là, tout près, ça sera vite fait, et je
serai plus tranquille. Vous autres, une minute s'il
vous plaît. »

Tous sortirent laissant le fils en face du père.

Dès qu'ils furent seuls :

« Écoute, fils, tu as vingt-quatre ans, on peut te dire les choses. Et puis il n'y a pas tant de mystère à ça que nous en mettons. Tu sais bien que ta mère est morte depuis sept ans, pas vrai, et que je n'ai pas plus de quarante-cinq ans, moi, vu que je me suis marié à dix-neuf. Pas vrai ? »

Le fils balbutia :

« Oui, c'est vrai.

— Donc ta mère est morte depuis sept ans, et moi je suis resté veuf. Eh bien ! ce n'est pas un homme comme moi qui peut rester veuf à trente-sept ans, pas vrai ? »

Le fils répondit :

« Oui, c'est vrai. »

Le père haletant, tout pâle et la face crispée, continua :

« Dieu que j'ai mal ! Eh bien, tu comprends. L'homme n'est pas fait pour vivre seul, mais je ne voulais pas donner une suivante à ta mère, vu que je lui avais promis ça. Alors... tu comprends ?

— Oui, père.

— Donc, j'ai pris une petite à Rouen, rue de l'Éperlan, 18[1], au troisième, la seconde porte — je te dis tout ça, n'oublie pas —, mais une petite qui a été gentille tout plein pour moi, aimante, dévouée, une vraie femme, quoi ? Tu saisis, mon gars ?

— Oui, père.

— Alors, si je m'en vas, je lui dois quelque chose, mais quelque chose de sérieux qui la mettra à l'abri. Tu comprends ?

— Oui, père.

— Je te dis que c'est une brave fille, mais là, une brave, et que, sans toi, et sans le souvenir de ta mère,

et puis sans la maison où nous avons vécu tous trois,
je l'aurais amenée ici, et puis épousée, pour sûr...
écoute... écoute... mon gars... j'aurais pu faire un testament... je n'en ai point fait ! Je n'ai pas voulu... car
il ne faut point écrire les choses... ces choses-là... ça
nuit trop aux légitimes... et puis ça embrouille tout...
ça ruine tout le monde ! Vois-tu, le papier timbré,
n'en faut pas, n'en fais jamais usage. Si je suis riche,
c'est que je ne m'en suis point servi de ma vie. Tu
comprends, mon fils !

— Oui, père.

— Écoute encore... Écoute bien... Donc je n'ai pas
fait de testament... je n'ai pas voulu..., et puis je te
connais, tu as bon cœur, tu n'es pas ladre, pas regardant, quoi. Je me suis dit que, sur ma fin, je te conte-
rais les choses et que je te prierais de ne pas oublier
la petite : — Caroline Donet, rue de l'Éperlan, 18, au
troisième, la seconde porte, n'oublie pas. — Et puis,
écoute encore. Vas-y tout de suite quand je serai
parti — et puis arrange-toi pour qu'elle ne se plaigne
pas de ma mémoire. — Tu as de quoi. — Tu le peux,
— je te laisse assez... Écoute... En semaine on ne la
trouve pas. Elle travaille chez Mme Moreau, rue
Beauvoisine[1]. Vas-y le jeudi. Ce jour-là elle m'attend.
C'est mon jour, depuis six ans. Pauvre p'tite, va-t-elle
pleurer !... Je te dis tout ça, parce que je te connais
bien, mon fils. Ces choses-là on ne les conte pas au
public, ni au notaire, ni au curé. Ça se fait, tout le
monde le sait, mais ça ne se dit pas, sauf nécessité.
Alors, personne d'étranger dans le secret, personne
que la famille, parce que la famille, c'est tous en un
seul. Tu comprends ?

— Oui, père.

— Tu promets ?

— Oui, père.

— Tu jures ?

— Oui, père.

— Je t'en prie, je t'en supplie, fils, n'oublie pas. J'y tiens.

— Non, père.

— Tu iras toi-même. Je veux que tu t'assures de tout.

— Oui, père.

— Et puis tu verras... tu verras ce qu'elle t'expliquera. Moi, je ne peux pas te dire plus. C'est juré ?

— Oui, père.

— C'est bon, mon fils. Embrasse-moi. Adieu. Je vas claquer, j'en suis sûr. Dis-leur qu'ils entrent. »

Hautot fils embrassa son père en gémissant, puis, toujours docile, ouvrit la porte, et le prêtre parut, en surplis blanc, portant les saintes huiles.

Mais le moribond avait fermé les yeux, et il refusa de les rouvrir, il refusa de répondre, il refusa de montrer, même par un signe, qu'il comprenait.

Il avait assez parlé, cet homme, il n'en pouvait plus. Il se sentait d'ailleurs à présent le cœur tranquille, il voulait mourir en paix. Qu'avait-il besoin de se confesser au délégué de Dieu, puisqu'il venait de se confesser à son fils, qui était de la famille, lui ?

Il fut administré, purifié, absous, au milieu de ses amis et de ses serviteurs agenouillés, sans qu'un seul mouvement de son visage révélât qu'il vivait encore.

Il mourut vers minuit, après quatre heures de tressaillements indiquant d'atroces souffrances.

II

Ce fut le mardi qu'on l'enterra, la chasse ayant
ouvert le dimanche. Rentré chez lui, après avoir
conduit son père au cimetière, César Hautot passa le
reste du jour à pleurer. Il dormit à peine la nuit suivante et il se sentit si triste en s'éveillant qu'il se
demandait comment il pourrait continuer à vivre.

Jusqu'au soir cependant il songea que, pour obéir
à la dernière volonté paternelle, il devait se rendre à
Rouen le lendemain, et voir cette fille Caroline
Donet qui demeurait rue de l'Éperlan, 18, au troisième étage, la seconde porte. Il avait répété, tout
bas, comme on marmotte une prière, ce nom et cette
adresse, un nombre incalculable de fois, afin de ne
pas les oublier, et il finissait par les balbutier indéfi-
niment, sans pouvoir s'arrêter ou penser à quoi que
ce fût, tant sa langue et son esprit étaient possédés
par cette phrase.

Donc le lendemain, vers huit heures, il ordonna
d'atteler Graindorge au tilbury[1] et partit au grand
trot du lourd cheval normand sur la grand-route
d'Ainville[2] à Rouen. Il portait sur le dos sa redingote
noire, sur la tête son grand chapeau de soie et sur
les jambes sa culotte à sous-pieds, et il n'avait pas
voulu, vu la circonstance, passer, par-dessus son
beau costume, la blouse bleue qui se gonfle au vent,
garantit le drap de la poussière et des taches, et
qu'on ôte prestement à l'arrivée, dès qu'on a sauté de
voiture.

Il entra dans Rouen alors que dix heures son-
naient, s'arrêta comme toujours à l'hôtel des Bons-

Enfants, rue des Trois-Mares[1], subit les embras-
sades du patron, de la patronne et de ses cinq fils,
car on connaissait la triste nouvelle ; puis, il dut donner des détails sur l'accident, ce qui le fit pleurer,
repousser les services de toutes ces gens, empressées
parce qu'ils le savaient riche, et refuser même leur
déjeuner, ce qui les froissa.

Ayant donc épousseté son chapeau, brossé sa
redingote et essuyé ses bottines, il se mit à la
recherche de la rue de l'Éperlan, sans oser prendre
de renseignements près de personne, de crainte
d'être reconnu et d'éveiller les soupçons.

À la fin, ne trouvant pas, il aperçut un prêtre, et se
fiant à la discrétion professionnelle des hommes
d'Église, il s'informa auprès de lui.

Il n'avait que cent pas à faire, c'était justement la
deuxième rue à droite.

Alors, il hésita. Jusqu'à ce moment, il avait obéi
comme une brute à la volonté du mort. Maintenant
il se sentait tout remué, confus, humilié à l'idée de se
trouver, lui, le fils, en face de cette femme qui avait
été la maîtresse de son père. Toute la morale qui gît
en nous, tassée au fond de nos sentiments par des
siècles d'enseignement héréditaire, tout ce qu'il avait
appris depuis le catéchisme sur les créatures de
mauvaise vie, le mépris instinctif que tout homme
porte en lui contre elles, même s'il en épouse une,
toute son honnêteté bornée de paysan, tout cela
s'agitait en lui, le retenait, le rendait honteux et rou-
gissant.

Mais il pensa : « J'ai promis au père. Faut pas y
manquer. » Alors il poussa la porte entrebâillée de la
maison marquée du numéro 18, découvrit un escalier sombre, monta trois étages, aperçut une porte,

puis une seconde, trouva une ficelle de sonnette et tira dessus.

Le din-din qui retentit dans la chambre voisine lui fit passer un frisson dans le corps. La porte s'ouvrit et il se trouva en face d'une jeune dame très bien habillée, brune, au teint coloré, qui le regardait avec des yeux stupéfaits.

Il ne savait que lui dire, et elle, qui ne se doutait de rien, et qui attendait l'autre, ne l'invitait pas à entrer. Ils se contemplèrent ainsi pendant près d'une demi-minute. À la fin elle demanda :

« Vous désirez, monsieur ? »

Il murmura :

« Je suis Hautot fils. »

Elle eut un sursaut, devint pâle, et balbutia comme si elle le connaissait depuis longtemps :

« Monsieur César ?

— Oui...

— Et alors ?...

— J'ai à vous parler de la part du père. »

Elle fit « Oh ! mon Dieu ! » et recula pour qu'il entrât. Il ferma la porte et la suivit.

Alors il aperçut un petit garçon de quatre ou cinq ans, qui jouait avec un chat, assis par terre devant un fourneau d'où montait une fumée de plats tenus au chaud.

« Asseyez-vous », disait-elle.

Il s'assit... Elle demanda :

« Eh bien ? »

Il n'osait plus parler, les yeux fixés sur la table dressée au milieu de l'appartement, et portant trois couverts dont un d'enfant. Il regardait la chaise tournée dos au feu, l'assiette, la serviette, les verres, la bouteille de vin rouge entamée et la bouteille de vin

blanc intacte. C'était la place de son père, dos au
feu ! On l'attendait. C'était son pain qu'il voyait, qu'il
reconnaissait près de la fourchette, car la croûte
était enlevée à cause des mauvaises dents d'Hautot.
Puis, levant les yeux, il aperçut, sur le mur, son por-
trait, la grande photographie faite à Paris l'année de
l'Exposition[1], la même qui était clouée au-dessus du
lit dans la chambre à coucher d'Ainville.

La jeune femme reprit :

« Eh bien, monsieur César ? »

Il la regarda. Une angoisse l'avait rendue livide et
elle attendait, les mains tremblantes de peur.

Alors il osa.

« Eh bien, mam'zelle, papa est mort dimanche, en
ouvrant la chasse. »

Elle fut si bouleversée qu'elle ne remua pas. Après
quelques instants de silence, elle murmura d'une
voix presque insaisissable :

« Oh ! pas possible ! »

Puis, soudain, des larmes parurent dans ses yeux,
et levant ses mains elle se couvrit la figure en se met-
tant à sangloter.

Alors, le petit tourna la tête, et voyant sa mère en
pleurs, hurla. Puis, comprenant que ce chagrin subit
venait de cet inconnu, il se rua sur César, saisit d'une
main sa culotte et de l'autre il lui tapait la cuisse de
toute sa force. Et César demeurait éperdu, attendri,
entre cette femme qui pleurait son père et cet enfant
qui défendait sa mère. Il se sentait lui-même gagné
par l'émotion, les yeux enflés par le chagrin ; et, pour
reprendre contenance, il se mit à parler.

« Oui, disait-il, le malheur est arrivé dimanche
matin, sur les huit heures... » Et il contait, comme si
elle l'eût écouté, n'oubliant aucun détail, disant les

plus petites choses avec une minutie de paysan. Et le petit tapait toujours, lui lançant à présent des coups de pied dans les chevilles.

Quand il arriva au moment où Hautot père avait parlé d'elle, elle entendit son nom, découvrit sa figure et demanda :

« Pardon, je ne vous suivais pas, je voudrais bien savoir... Si ça ne vous contrariait pas de recommencer. »

Il recommença dans les mêmes termes : « Le malheur est arrivé dimanche matin sur les huit heures... »

Il dit tout, longuement, avec des arrêts, des points, des réflexions venues de lui, de temps en temps. Elle l'écoutait avidement, percevant avec sa sensibilité nerveuse de femme toutes les péripéties qu'il racontait, et tressaillant d'horreur, faisant : « Oh mon Dieu ! » parfois. Le petit, la croyant calmée, avait cessé de battre César pour prendre la main de sa mère, et il écoutait aussi, comme s'il eût compris.

Quand le récit fut terminé, Hautot fils reprit :

« Maintenant, nous allons nous arranger ensemble suivant son désir. Écoutez, je suis à mon aise, il m'a laissé du bien. Je ne veux pas que vous ayez à vous plaindre... »

Mais elle l'interrompit vivement.

« Oh ! monsieur César, monsieur César, pas aujourd'hui. J'ai le cœur coupé... Une autre fois, un autre jour... Non, pas aujourd'hui... Si j'accepte, écoutez... ce n'est pas pour moi... non, non, non, je vous le jure. C'est pour le petit. D'ailleurs, on mettra ce bien sur sa tête. »

Alors César, effaré, devina, et balbutiant :

« Donc... c'est à lui... le p'tit ? »

— Mais oui », dit-elle.

Et Hautot fils regarda son frère avec une émotion confuse, forte et pénible.

Après un long silence, car elle pleurait de nouveau, César, tout à fait gêné, reprit :

« Eh bien, alors, mam'zelle Donet, je vas m'en aller. Quand voulez-vous que nous parlions de ça ? »

Elle s'écria :

« Oh ! non, ne partez pas, ne partez pas, ne me laissez pas toute seule avec Émile ! Je mourrais de chagrin. Je n'ai plus personne, personne que mon petit. Oh ! quelle misère, quelle misère, monsieur César ! Tenez, asseyez-vous. Vous allez encore me parler. Vous me direz ce qu'il faisait, là-bas, toute la semaine. »

Et César s'assit, habitué à obéir.

Elle approcha, pour elle, une autre chaise de la sienne, devant le fourneau où les plats mijotaient toujours, prit Émile sur ses genoux, et elle demanda à César mille choses sur son père, des choses intimes où l'on voyait, où il sentait sans raisonner qu'elle avait aimé Hautot de tout son pauvre cœur de femme.

Et, par l'enchaînement naturel de ses idées, peu nombreuses, il en revint à l'accident et se remit à le raconter avec tous les mêmes détails.

Quand il dit : « Il avait un trou dans le ventre, on y aurait mis les deux poings », elle poussa une sorte de cri, et les sanglots jaillirent de nouveau de ses yeux. Alors, saisi par la contagion, César se mit aussi à pleurer, et comme les larmes attendrissent toujours les fibres du cœur, il se pencha vers Émile dont le front se trouvait à portée de sa bouche et l'embrassa.

La mère, reprenant haleine, murmurait :

« Pauvre gars, le voilà orphelin.

— Moi aussi », dit César.

Et ils ne parlèrent plus.

Mais soudain, l'instinct pratique de ménagère, habituée à songer à tout, se réveilla chez la jeune femme.

« Vous n'avez peut-être rien pris de la matinée, monsieur César ?

— Non, mam'zelle.

— Oh ! vous devez avoir faim. Vous allez manger un morceau.

— Merci, dit-il, je n'ai pas faim, j'ai eu trop de tourment. »

Elle répondit :

« Malgré la peine, faut bien vivre, vous ne me refuserez pas ça ! Et puis vous resterez un peu plus. Quand vous serez parti, je ne sais pas ce que je deviendrai. »

Il céda, après quelque résistance encore, et s'asseyant dos au feu, en face d'elle, il mangea une assiette de tripes qui crépitaient dans le fourneau et but un verre de vin rouge. Mais il ne permit point qu'elle débouchât le vin blanc.

Plusieurs fois il essuya la bouche du petit qui avait barbouillé de sauce tout son menton.

Comme il se levait pour partir, il demanda :

« Quand est-ce voulez-vous que je revienne pour parler de l'affaire, mam'zelle Donet ?

— Si ça ne vous faisait rien, jeudi prochain, monsieur César. Comme ça je ne perdrais pas de temps. J'ai toujours mes jeudis libres.

— Ça me va, jeudi prochain.

— Vous viendrez déjeuner, n'est-ce pas ?

— Oh ! quant à ça, je ne peux pas le promettre.

— C'est qu'on cause mieux en mangeant. On a plus de temps aussi.

— Eh bien, soit. Midi alors. »

Et il s'en alla après avoir encore embrassé le petit Émile, et serré la main de Mlle Donet.

III

La semaine parut longue à César Hautot. Jamais il ne s'était trouvé seul et l'isolement lui semblait insupportable. Jusqu'alors, il vivait à côté de son père, comme son ombre, le suivait aux champs, surveillait l'exécution de ses ordres, et quand il l'avait quitté pendant quelque temps le retrouvait au dîner. Ils passaient les soirs à fumer leurs pipes en face l'un de l'autre, en causant chevaux, vaches ou moutons ; et la poignée de main qu'ils se donnaient au réveil semblait l'échange d'une affection familiale et profonde.

Maintenant César était seul. Il errait par les labours d'automne, s'attendant toujours à voir se dresser au bout d'une plaine la grande silhouette gesticulante du père. Pour tuer les heures, il entrait chez les voisins, racontait l'accident à tous ceux qui ne l'avaient pas entendu, le répétait quelquefois aux autres. Puis, à bout d'occupations et de pensées, il s'asseyait au bord d'une route en se demandant si cette vie-là allait durer longtemps.

Souvent il songea à Mlle Donet. Elle lui avait plu. Il l'avait trouvée comme il faut, douce et brave fille, comme avait dit le père. Oui, pour une brave fille,

c'était assurément une brave fille. Il était résolu à
faire les choses grandement et à lui donner deux
mille francs de rente[1] en assurant le capital à
l'enfant. Il éprouvait même un certain plaisir à penser qu'il allait la revoir le jeudi suivant, et arranger
cela avec elle. Et puis l'idée de ce frère, de ce petit
bonhomme de cinq ans, qui était le fils de son père,
le tracassait, l'ennuyait un peu et l'échauffait en
même temps. C'était une espèce de famille qu'il avait
là dans ce mioche clandestin qui ne s'appellerait
jamais Hautot, une famille qu'il pouvait prendre ou
laisser à sa guise, mais qui lui rappelait le père.

Aussi quand il se vit sur la route de Rouen, le jeudi
matin, emporté par le trot sonore de Graindorge, il
sentit son cœur plus léger, plus reposé qu'il ne l'avait
encore eu depuis son malheur.

En entrant dans l'appartement de Mlle Donet, il
vit la table mise comme le jeudi précédent, avec
cette seule différence que la croûte du pain n'était
pas ôtée.

Il serra la main de la jeune femme, baisa Émile
sur les joues et s'assit, un peu comme chez lui, le
cœur gros tout de même. Mlle Donet lui parut un
peu maigrie, un peu pâlie. Elle avait dû rudement
pleurer. Elle avait maintenant un air gêné devant lui
comme si elle eût compris ce qu'elle n'avait pas senti
l'autre semaine sous le premier coup de son malheur, et elle le traitait avec des égards excessifs, une
humilité douloureuse, et des soins touchants comme
pour lui payer en attention et en dévouement les
bontés qu'il avait pour elle. Ils déjeunèrent longuement, en parlant de l'affaire qui l'amenait. Elle ne
voulait pas tant d'argent. C'était trop, beaucoup trop.
Elle gagnait assez pour vivre, elle, mais elle désirait

seulement qu'Émile trouvât quelques sous devant lui
quand il serait grand. César tint bon, et ajouta même
un cadeau de mille francs pour elle, pour son deuil.

Comme il avait pris son café, elle demanda :

« Vous fumez ?

— Oui... J'ai ma pipe. »

Il tâta sa poche. Nom d'un nom, il l'avait oubliée !
Il allait se désoler quand elle lui offrit une pipe du
père, enfermée dans une armoire. Il accepta, la prit,
la reconnut, la flaira, proclama sa qualité avec une
émotion dans la voix, l'emplit de tabac et l'alluma.
Puis il mit Émile à cheval sur sa jambe et le fit jouer
au cavalier pendant qu'elle desservait la table et
enfermait, dans le bas du buffet, la vaisselle sale
pour la laver, quand il serait sorti.

Vers trois heures, il se leva à regret, tout ennuyé à
l'idée de partir.

« Eh bien ! mam'zelle Donet, dit-il, je vous souhaite le bonsoir et charmé de vous avoir trouvée
comme ça. »

Elle restait devant lui, rouge, bien émue, et le
regardait en songeant à l'autre.

« Est-ce que nous ne nous reverrons plus ? » dit-
elle.

Il répondit simplement :

« Mais oui, mam'zelle, si ça vous fait plaisir.

— Certainement, monsieur César. Alors, jeudi
prochain, ça vous irait-il ?

— Oui, mam'zelle Donet.

— Vous venez déjeuner, bien sûr ?

— Mais..., si vous voulez bien, je ne refuse pas.

— C'est entendu, monsieur César, jeudi prochain,
midi, comme aujourd'hui.

— Jeudi midi, mam'zelle Donet ! »

Boitelle

À Robert Pinchon[1].

Le père Boitelle (Antoine) avait, dans tout le pays, la spécialité des besognes malpropres. Toutes les fois qu'on avait à faire nettoyer une fosse, un fumier, un puisard, à curer un égout, un trou de fange quelconque, c'était lui qu'on allait chercher.

Il s'en venait avec ses instruments de vidangeur et ses sabots enduits de crasse, et se mettait à sa besogne en geignant sans cesse sur son métier. Quand on lui demandait alors pourquoi il faisait cet ouvrage répugnant, il répondait avec résignation :

« Pardi, c'est pour mes éfants qu'il faut nourrir. Ça rapporte plus qu'autre chose. »

Il avait, en effet, quatorze enfants. Si on s'informait de ce qu'ils étaient devenus, il disait avec un air d'indifférence :

« N'en reste huit à la maison. Y en a un au service et cinq mariés. »

Quand on voulait savoir s'ils étaient bien mariés, il reprenait avec vivacité :

« Je les ai pas opposés. Je les ai opposés en rien. Ils ont marié comme ils ont voulu. Faut pas opposer les goûts, ça tourne mal. Si je suis ordureux, mé, c'est que mes parents m'ont opposé dans mes goûts. Sans ça, j'aurais devenu un ouvrier comme les autres. »

Voici en quoi ses parents l'avaient contrarié dans ses goûts.

Il était alors soldat, faisant son temps au Havre, pas plus bête qu'un autre, pas plus dégourdi non plus, un peu simple pourtant. Pendant les heures de liberté, son plus grand plaisir était de se promener sur le quai, où sont réunis les marchands d'oiseaux. Tantôt seul, tantôt avec un pays, il s'en allait lentement le long des cages où les perroquets à dos vert et à tête jaune des Amazones, les perroquets à dos gris et à tête rouge du Sénégal, les aras énormes qui ont l'air d'oiseaux cultivés en serre, avec leurs plumes fleuries, leurs panaches et leurs aigrettes, les perruches de toute taille, qui semblent coloriées avec un soin minutieux par un bon Dieu miniaturiste, et les petits, tout petits oisillons sautillants, rouges, jaunes, bleus et bariolés, mêlant leurs cris au bruit du quai, apportent dans le fracas des navires déchargés, des passants et des voitures, une rumeur violente, aiguë, piaillarde, assourdissante, de forêt lointaine et surnaturelle.

Boitelle s'arrêtait, les yeux ouverts, la bouche ouverte, riant et ravi, montrant ses dents aux kakatoès prisonniers qui saluaient de leur huppe blanche ou jaune le rouge éclatant de sa culotte et le cuivre de son ceinturon. Quand il rencontrait un oiseau parleur, il lui posait des questions ; et si la bête se trouvait ce jour-là disposée à répondre et dialoguait avec lui, il emportait pour jusqu'au soir de la gaieté et du contentement. À regarder les singes aussi il se faisait des bosses de plaisir, et il n'imaginait point de plus grand luxe pour un homme riche que de posséder ces animaux ainsi qu'on a des chats et des chiens. Ce goût-là, ce goût de l'exotique, il l'avait dans le sang comme on a celui de la chasse, de la médecine ou de la prêtrise. Il ne pouvait s'empêcher, chaque fois que s'ouvraient les portes de la caserne, de s'en revenir au quai comme s'il s'était senti tiré par une envie.

Or une fois, s'étant arrêté presque en extase devant un araraca[1] monstrueux qui gonflait ses plumes, s'inclinait, se redressait, semblait faire les révérences de cour du pays des perroquets, il vit s'ouvrir la porte d'un petit café attenant à la boutique du marchand d'oiseaux, et une jeune négresse, coiffée d'un foulard rouge, apparut, qui balayait vers la rue les bouchons et le sable de l'établissement.

L'attention de Boitelle fut aussitôt partagée entre l'animal et la femme, et il n'aurait su dire vraiment lequel de ces deux êtres il contemplait avec le plus d'étonnement et de plaisir.

La négresse, ayant poussé dehors les ordures du cabaret, leva les yeux, et demeura à son tour éblouie devant l'uniforme du soldat. Elle restait debout, en face de lui, son balai dans les mains comme si elle lui eût porté les armes, tandis que l'araraca continuait à s'incliner. Or le troupier au bout de quelques instants fut gêné par cette attention, et il s'en alla à petits pas, pour n'avoir point l'air de battre en retraite.

Mais il revint. Presque chaque jour il passa devant le café des Colonies, et souvent il aperçut à travers les vitres la petite bonne à peau noire qui servait des bocks ou de l'eau-de-vie aux matelots du port.

Souvent aussi elle sortait en l'apercevant ; bientôt, même, sans s'être jamais parlé, ils se sourirent comme des connaissances ; et Boitelle se sentait le cœur remué, en voyant luire tout à coup, entre les lèvres sombres de la fille, la ligne éclatante de ses dents. Un jour enfin il entra, et fut tout surpris en constatant qu'elle parlait français comme tout le monde. La bouteille de limonade, dont elle accepta de boire un verre, demeura, dans le souvenir du troupier, mémorablement délicieuse ; et il prit l'habitude de venir absorber, en ce petit cabaret du port, toutes les douceurs liquides que lui permettait sa bourse.

C'était pour lui une fête, un bonheur auquel il pensait sans cesse, de regarder la main noire de la petite bonne verser quelque chose dans son verre, tandis que les dents riaient, plus claires que les yeux. Au bout de deux mois de fréquentation, ils devinrent tout à fait bons amis, et Boitelle, après le premier étonnement de voir que les idées de cette négresse étaient pareilles aux bonnes idées des filles du pays, qu'elle respectait l'économie, le travail, la religion et la conduite, l'en aima davantage, s'éprit d'elle au point de vouloir l'épouser.

Il lui dit ce projet qui la fit danser de joie. Elle avait d'ailleurs quelque argent, laissé par une marchande d'huîtres, qui l'avait recueillie quand elle fut déposée sur le quai du Havre par un capitaine américain. Ce capitaine l'avait trouvée âgée d'environ six ans, blottie sur des balles de coton dans la cale de son navire, quelques heures après son départ de New York. Venant au Havre, il y abandonna aux soins de cette écaillère apitoyée ce petit animal noir caché à son bord, il ne savait par qui ni comment. La vendeuse d'huîtres étant morte, la jeune négresse devint bonne au café des Colonies.

Antoine Boitelle ajouta :

« Ça se fera si les parents n'y opposent point. J'irai jamais contre eux, t'entends ben, jamais ! Je vas leur en toucher deux mots à la première fois que je retourne au pays. »

La semaine suivante en effet, ayant obtenu vingt-quatre heures de permission, il se rendit dans sa famille qui cultivait une petite ferme à Tourteville, près d'Yvetot[1].

Il attendit la fin du repas, l'heure où le café baptisé d'eau-de-vie rendait les cœurs plus ouverts, pour informer ses ascendants qu'il avait trouvé une fille répondant si bien à ses goûts, à tous ses goûts, qu'il ne devait pas en exister une autre sur la terre pour lui convenir aussi parfaitement.

Les vieux, à ce propos, devinrent aussitôt circonspects, et demandèrent des explications. Il ne cacha rien d'ailleurs que la couleur de son teint.

C'était une bonne, sans grand avoir, mais vaillante, économe, propre, de conduite, et de bon conseil. Toutes ces choses-là valaient mieux que de l'argent aux mains d'une mauvaise ménagère. Elle avait quelques sous d'ailleurs, laissés par une femme qui l'avait élevée, quelques gros sous, presque une petite dot, quinze cents francs à la caisse d'épargne. Les vieux, conquis par ses discours, confiants d'ailleurs dans son jugement, cédaient peu à peu, quand il arriva au point délicat. Riant d'un rire un peu contraint :

« Il n'y a qu'une chose, dit-il, qui pourra vous contrarier. Elle n'est brin blanche. »

Ils ne comprenaient pas et il dut expliquer longuement avec beaucoup de précautions, pour ne les point rebuter, qu'elle appartenait à la race sombre dont ils n'avaient vu d'échantillons que sur les images d'Épinal.

Alors ils furent inquiets, perplexes, craintifs, comme s'il leur avait proposé une union avec le Diable.

La mère disait : « Noire ? Combien qu'elle l'est ? C'est-il partout ? »

Il répondait : « Pour sûr : Partout, comme t'es blanche partout, té ! »

Le père reprenait : « Noire ? C'est-il noir autant que le chaudron ? »

Le fils répondait : « Pt'être ben un p'tieu moins ! C'est noire, mais point noire à dégoûter. La robe à m'sieu l'curé est ben noire, et alle n'est pas plus laide qu'un surplis qu'est blanc. »

Le père disait : « Y en a-t-il de pu noires qu'elle dans son pays ? »

Et le fils, convaincu, s'écriait :

« Pour sûr ! »

Mais le bonhomme remuait la tête.

« Ça doit être déplaisant ? »

Et le fils :

« C'est point pu déplaisant qu'aut'chose, vu qu'on s'y fait en rin de temps. »

La mère demandait :

« Ça ne salit point le linge plus que d'autres, ces piaux-là ?

— Pas plus que la tienne, vu que c'est sa couleur. »

Donc, après beaucoup de questions encore, il fut convenu que les parents verraient cette fille avant de rien décider et que le garçon, dont le service allait finir l'autre mois, l'amènerait à la maison afin qu'on pût l'examiner et décider en causant si elle n'était pas trop foncée pour entrer dans la famille Boitelle.

Antoine alors annonça que le dimanche 22 mai, jour de sa libération, il partirait pour Tourteville avec sa bonne amie.

Elle avait mis pour ce voyage chez les parents de son amoureux ses vêtements les plus beaux et les plus voyants, où dominaient le jaune, le rouge et le bleu, de sorte qu'elle avait l'air pavoisée pour une fête nationale.

Dans la gare, au départ du Havre, on la regarda beaucoup, et Boitelle était fier de donner le bras à une personne qui commandait ainsi l'attention. Puis, dans le wagon de troisième classe où elle prit place à côté de lui, elle imposa une telle surprise aux paysans que ceux des compartiments voisins montèrent sur leurs banquettes pour l'examiner par-dessus la cloison de bois qui divisait la caisse roulante. Un enfant, à son aspect, se mit à crier de peur, un autre cacha sa figure dans le tablier de sa mère.

Tout alla bien cependant jusqu'à la gare d'arrivée. Mais lorsque le train ralentit sa marche en approchant d'Yvetot, Antoine se sentit mal à l'aise, comme au moment d'une inspection quand il ne savait pas sa théorie. Puis, s'étant penché à la portière, il reconnut de loin son père qui tenait la bride du cheval attelé à la carriole, et sa mère venue jusqu'au treillage qui maintenait les curieux.

Il descendit le premier, tendit la main à sa bonne amie, et, droit, comme s'il escortait un général, il se dirigea vers sa famille.

La mère, en voyant venir cette dame noire et

bariolée en compagnie de son garçon, demeurait tellement stupéfaite qu'elle n'en pouvait ouvrir la
bouche, et le père avait peine à maintenir le cheval
que faisait cabrer coup sur coup la locomotive ou la
négresse. Mais Antoine, saisi soudain par la joie sans
mélange de revoir ses vieux, se précipita, les bras
ouverts, bécota la mère, bécota le père malgré l'effroi
du bidet, puis se tournant vers sa compagne que les
passants ébaubis considéraient en s'arrêtant, il
s'expliqua.

« La v'là ! J'vous avais ben dit qu'à première vue
alle est un brin détournante, mais sitôt qu'on la
connaît, vrai de vrai, y a rien de plus plaisant sur la
terre. Dites-y bonjour qu'a ne s'émeuve point. »

Alors la mère Boitelle, intimidée elle-même à
perdre la raison, fit une espèce de révérence, tandis
que le père ôtait sa casquette en murmurant :
« J'vous la souhaite à vot' désir. » Puis sans s'attarder
on grimpa dans la carriole, les deux femmes au fond
sur des chaises qui les faisaient sauter en l'air à
chaque cahot de la route, et les deux hommes par-
devant, sur la banquette.

Personne ne parlait. Antoine inquiet sifflotait un
air de caserne, le père fouettait le bidet, et la mère
regardait de coin, en glissant des coups d'œil de
fouine, la négresse dont le front et les pommettes
reluisaient sous le soleil comme des chaussures bien
cirées.

Voulant rompre la glace, Antoine se retourna.

« Eh bien, dit-il, on ne cause pas ?

— Faut le temps », répondit la vieille.

Il reprit :

« Allons, raconte à la p'tite l'histoire des huit œufs
de ta poule. »

C'était une farce célèbre dans la famille. Mais comme sa mère se taisait toujours, paralysée par l'émotion, il prit lui-même la parole et narra, en riant beaucoup, cette mémorable aventure. Le père, qui la savait par cœur, se dérida aux premiers mots ; sa femme bientôt suivit l'exemple, et la négresse elle-même, au passage le plus drôle, partit tout à coup d'un tel rire, d'un rire si bruyant, roulant, torrentiel, que le cheval excité fit un petit temps de galop.

La connaissance était faite. On causa.

À peine arrivés, quand tout le monde fut descendu, après qu'il eut conduit sa bonne amie dans la chambre pour ôter sa robe qu'elle aurait pu tacher en faisant un bon plat de sa façon destiné à prendre les vieux par le ventre, il attira ses parents devant la porte, et demanda, le cœur battant :

« Eh ben, quéque vous dites ? »

Le père se tut. La mère plus hardie déclara :

« Alle est trop noire ! Non, vrai, c'est trop. J'en ai eu les sangs tournés.

— Vous vous y ferez, dit Antoine.

— Possible, mais pas pour le moment. » Ils entrèrent et la bonne femme fut émue en voyant la négresse cuisiner. Alors elle l'aida, la jupe retroussée, active malgré son âge.

Le repas fut bon, fut long, fut gai. Quand on fit un tour ensuite, Antoine prit son père à part.

« Eh ben, pé, quéque t'en dis ? »

Le paysan ne se compromettait jamais.

« J'ai point d'avis. D'mande à ta mé. »

Alors Antoine rejoignit sa mère et la retenant en arrière :

« Eh ben, ma mé, quéque t'en dis ?

— Mon pauv'e gars, vrai, alle est trop noire. Seule-

ment un p'tieu moins je ne m'opposerais pas, mais
c'est trop. On dirait Satan ! »

Il n'insista point, sachant que la vieille s'obstinait
toujours, mais il sentait en son cœur entrer un orage
de chagrin. Il cherchait ce qu'il fallait faire, ce qu'il
pourrait inventer, surpris d'ailleurs qu'elle ne les eût
pas conquis déjà comme elle l'avait séduit lui-même.
Et ils s'en allaient tous les quatre à pas lents à travers les blés, redevenus peu à peu silencieux. Quand
on longeait une clôture, les fermiers apparaissaient à
la barrière, les gamins grimpaient sur les talus, tout
le monde se précipitait au chemin pour voir passer
la « noire » que le fils Boitelle avait ramenée. On
apercevait au loin des gens qui couraient à travers
les champs comme on accourt quand bat le tambour
des annonces de phénomènes vivants. Le père et la
mère Boitelle effarés de cette curiosité semée par la
campagne à leur approche, hâtaient le pas, côte à
côte, précédant de loin leur fils à qui sa compagne
demandait ce que les parents pensaient d'elle.

Il répondit en hésitant qu'ils n'étaient pas encore
décidés.

Mais sur la place du village ce fut une sortie en
masse de toutes les maisons en émoi, et devant
l'attroupement grossissant, les vieux Boitelle prirent
la fuite et regagnèrent leur logis, tandis qu'Antoine
soulevé de colère, sa bonne amie au bras, s'avançait
avec majesté sous les yeux élargis par l'ébahisse-
ment.

Il comprenait que c'était fini, qu'il n'y avait plus
d'espoir, qu'il n'épouserait pas sa négresse ; elle
aussi le comprenait ; et ils se mirent à pleurer tous
les deux en approchant de la ferme. Dès qu'ils y
furent revenus, elle ôta de nouveau sa robe pour

aider la mère à faire sa besogne ; elle la suivit partout, à la laiterie, à l'étable, au poulailler, prenant la plus grosse part, répétant sans cesse : « Laissez-moi faire, madame Boitelle », si bien que le soir venu, la vieille, touchée et inexorable, dit à son fils :

« C'est une brave fille tout de même. C'est dommage qu'elle soit si noire, mais vrai, alle l'est trop. J'pourrais pas m'y faire, faut qu'alle r'tourne, alle est trop noire. »

Et le fils Boitelle dit à sa bonne amie :

« Alle n'veut point, alle te trouve trop noire. Faut r'tourner. Je t'aconduirai jusqu'au chemin de fer. N'importe, t'éluge[1] point. J'vas leur y parler quand tu seras partie. »

Il la conduisit donc à la gare en lui donnant encore bon espoir et après l'avoir embrassée, la fit monter dans le convoi qu'il regarda s'éloigner avec des yeux bouffis par les pleurs.

Il eut beau implorer les vieux, ils ne consentirent jamais.

Et quand il avait conté cette histoire que tout le pays connaissait, Antoine Boitelle ajoutait toujours :

« À partir de ça, j'ai eu de cœur à rien, à rien. Aucun métier ne m'allait pu, et j'sieus devenu ce que j'sieus, un ordureux. »

L'Ordonnance

Le cimetière plein d'officiers avait l'air d'un champ fleuri. Les képis et les culottes rouges, les galons et les boutons d'or, les sabres, les aiguillettes de l'état-major, les brandebourgs des chasseurs et des hussards passaient au milieu des tombes dont les croix blanches ou noires ouvraient leurs bras lamentables, leurs bras de fer, de marbre ou de bois sur le peuple disparu des morts.

On venait d'enterrer la femme du colonel de Limousin. Elle s'était noyée deux jours auparavant, en prenant un bain.

C'était fini, le clergé était parti, mais le colonel, soutenu par deux officiers, restait debout devant le trou au fond duquel il voyait encore le coffre de bois qui cachait, décomposé déjà, le corps de sa jeune femme.

C'était presque un vieillard, un grand maigre à moustaches blanches qui avait épousé, trois ans plus tôt, la fille d'un camarade, demeurée orpheline après la mort de son père, le colonel Sortis.

Le capitaine et le lieutenant sur qui s'appuyait leur chef essayaient de l'emmener. Il résistait, les yeux pleins de larmes qu'il ne laissait point couler, par héroïsme, et, murmurant tout bas : « Non, non, encore un peu », il s'obstinait à rester là, les jambes fléchissantes, au bord de ce trou, qui lui paraissait sans fond, un abîme où étaient tombés son cœur et sa vie, tout ce qui lui restait sur terre.

Tout à coup le général Ormont s'approcha, saisit par le bras le colonel, et l'entraînant presque de force : « Allons, allons, mon vieux camarade, il ne faut pas demeurer là. » Le colonel obéit alors, et rentra chez lui.

Comme il ouvrait la porte de son cabinet, il aperçut une lettre sur sa table de travail. L'ayant prise, il faillit tomber de surprise et d'émotion, il avait reconnu l'écriture de sa femme. Et la lettre portait le timbre de la poste avec la date du jour même. Il déchira l'enveloppe et lut.

     « Père,

» Permettez-moi de vous appeler encore père, comme autrefois. Quand vous recevrez cette lettre, je serai morte, et sous la terre. Alors peut-être pourrez-vous me pardonner.

» Je ne veux pas chercher à vous émouvoir ni à atténuer ma faute. Je veux dire seulement, avec toute la sincérité d'une femme qui va se tuer dans une heure, la vérité entière et complète.

» Quand vous m'avez épousée, par générosité, je me suis donnée à vous par reconnaissance et je vous ai aimé de tout mon cœur de petite fille. Je vous ai aimé ainsi que j'aimais papa, presque autant ; et un jour, comme j'étais sur vos genoux, et comme vous m'embrassiez, je vous ai appelé "Père", malgré moi. Ce fut un cri du cœur, instinctif, spontané. Vrai, vous étiez pour moi un père, rien qu'un père. Vous avez ri, et vous m'avez dit : "Appelle-moi toujours comme ça, mon enfant, ça me fait plaisir."

» Nous sommes venus dans cette ville et — pardonnez-moi, père — je suis devenue amoureuse. Oh ! j'ai résisté longtemps, presque deux ans, vous lisez bien, presque deux ans, et puis j'ai cédé, je suis devenue coupable, je suis devenue une femme perdue.

» Quant à lui ? — Vous ne devinerez pas qui. Je suis bien tranquille là-dessus, puisqu'ils étaient douze officiers, toujours autour de moi et avec moi, que vous appeliez mes douze constellations.

» Père, ne cherchez pas à le connaître et ne le haïssez pas, lui. Il a fait ce que n'importe qui aurait fait à sa place, et puis, je suis sûre qu'il m'aimait aussi de tout son cœur.

» Mais, écoutez, — un jour, nous avions rendez-vous dans l'île des Bécasses, vous savez la petite île, après le moulin. Moi, je devais y aborder en nageant, et lui devait m'attendre dans les buissons, et puis rester là jusqu'au soir pour qu'on ne le vît pas partir. Je venais de le rejoindre, quand les branches s'ouvrent et nous apercevons Philippe, votre ordonnance, qui nous avait surpris. J'ai senti que nous étions perdus et j'ai poussé un grand cri ; alors il m'a dit — lui, mon ami ! — : "Allez-vous-en à la nage, tout doucement, ma chère, et laissez-moi avec cet homme."

» Je suis partie, si émue que j'ai failli me noyer, et je suis rentrée chez vous, m'attendant à quelque chose d'épouvantable.

» Une heure après, Philippe me disait, à voix basse, dans le corridor du salon où je l'ai rencontré : "Je suis aux ordres de madame, si elle avait quelque lettre à me donner." Alors je compris qu'il s'était vendu, et que mon ami l'avait acheté.

» Je lui ai donné des lettres, en effet, — toutes mes lettres. Il les portait et me rapportait les réponses.

» Cela a duré deux mois environ. Nous avions confiance en lui, comme vous aviez confiance en lui, vous aussi.

» Or, père, voici ce qui arriva. Un jour, dans la même île où j'étais venue à la nage, mais seule, cette fois, j'ai retrouvé votre ordonnance. Cet homme m'attendait et il m'a prévenue qu'il allait nous dénoncer à vous et vous livrer des lettres gardées par lui, volées, si je ne cédais point à ses désirs.

» Oh ! père, mon père, j'ai eu peur, une peur lâche, indigne, peur de vous surtout, de vous si bon, et trompé par moi, peur pour lui encore — vous l'auriez tué —, pour moi aussi, peut-être, est-ce que je sais, j'étais affolée, éperdue, j'ai cru l'acheter encore une fois ce misérable qui m'aimait aussi, quelle honte !

» Nous sommes si faibles, nous autres, que nous perdons la tête bien plus que vous. Et puis, quand on est tombé, on tombe toujours plus bas, plus bas. Est-ce que je sais ce que j'ai fait ? J'ai compris seulement qu'un de vous deux et moi allions mourir — et je me suis donnée à cette brute.

» Vous voyez, père, que je ne cherche pas à m'excuser.

» Alors, alors — alors, ce que j'aurais dû prévoir est arrivé — il m'a prise et reprise quand il a voulu en me terrifiant. Il a été aussi mon amant, comme l'autre, tous les jours. Est-ce pas abominable ? Et quel châtiment, père ?

» Alors, moi, je me suis dit : Il faut mourir.

Vivante, je n'aurais pu vous confesser un pareil crime. Morte, j'ose tout. Je ne pouvais plus faire autrement que de mourir, rien ne m'aurait lavée, j'étais trop tachée. Je ne pouvais plus aimer, ni être aimée ; il me semblait que je salissais tout le monde, rien qu'en donnant la main.

» Tout à l'heure, je vais aller prendre mon bain et je ne reviendrai pas.

» Cette lettre pour vous ira chez mon amant. Il la recevra après ma mort, et sans rien comprendre, vous la fera tenir, accomplissant mon dernier vœu. Et vous la lirez, vous, en revenant du cimetière.

» Adieu, père, je n'ai plus rien à vous dire. Faites ce que vous voudrez, et pardonnez-moi. »

Le colonel s'essuya le front couvert de sueur. Son sang-froid, le sang-froid des jours de bataille lui était revenu tout à coup.

Il sonna.

Un domestique parut.

« Envoyez-moi Philippe », dit-il.

Puis il entrouvrit le tiroir de sa table.

L'homme entra presque aussitôt, un grand soldat à moustaches rousses, l'air malin, l'œil sournois.

Le colonel le regarda tout droit.

« Tu vas me dire le nom de l'amant de ma femme.

— Mais, mon colonel... »

L'officier prit son revolver dans le tiroir entrou-vert.

« Allons, et vite, tu sais que je ne plaisante pas.

— Eh bien !... mon colonel..., c'est le capitaine Saint-Albert. »

À peine avait-il prononcé ce nom, qu'une flamme lui brûla les yeux, et il s'abattit sur la face, une balle au milieu du front.

Le Lapin

Maître[1] Lecacheur apparut sur la porte de sa maison à l'heure ordinaire, entre cinq heures et cinq heures un quart du matin, pour surveiller ses gens qui se mettaient au travail.

Rouge, mal éveillé, l'œil droit ouvert, l'œil gauche presque fermé, il boutonnait avec peine ses bretelles sur son gros ventre, tout en surveillant, d'un regard entendu et circulaire, tous les coins connus de sa ferme. Le soleil coulait ses rayons obliques à travers les hêtres du fossé[2] et les pommiers ronds de la cour, faisait chanter les coqs sur le fumier et roucouler les pigeons sur le toit. La senteur de l'étable s'envolait par la porte ouverte et se mêlait, dans l'air frais du matin, à l'odeur âcre de l'écurie où hennissaient les chevaux, la tête tournée vers la lumière.

Dès que son pantalon fut soutenu solidement, maître Lecacheur se mit en route, allant d'abord vers le poulailler, pour compter les œufs du matin, car il craignait des maraudes depuis quelque temps.

Mais la fille de ferme accourut vers lui en levant les bras et criant : « Maît' Cacheux, maît' Cacheux on a volé un lapin, c'te nuit.

— Un lapin ?

— Oui, maît' Cacheux, l'gros gris, celui de la cage à draite[1]. »

Le fermier ouvrit tout à fait l'œil gauche et dit simplement :

« Faut vé[2] ça. »

Et il alla voir.

La cage avait été brisée, et le lapin était parti.

Alors l'homme devint soucieux, referma son œil droit et se gratta le nez. Puis, après avoir réfléchi, il ordonna à la servante effarée, qui demeurait stupide devant son maître :

« Va quéri[3] les gendarmes. Dis que j'les attends sur l'heure. »

Maître Lecacheur était maire de sa commune, Pavigny-le-Gras[4], et commandait en maître, vu son argent et sa position.

Dès que la bonne eut disparu en courant vers le village distant d'un demi-kilomètre, le paysan rentra chez lui, pour boire son café et causer de la chose avec sa femme.

Il la trouva soufflant le feu avec sa bouche, à genoux devant le foyer.

Il dit dès la porte :

« V'là qu'on a volé un lapin, l'gros gris. »

Elle se retourna si vite qu'elle se trouva assise par terre, et regardant son mari avec des yeux désolés :

« Qué qu'tu dis, Cacheux ! qu'on a volé un lapin ?

— L'gros gris.

— L'gros gris ? »

Elle soupira.

« Qué misère ! qué qu'a pu l'vôlé, çu[5] lapin ? »

C'était une petite femme maigre et vive, propre, entendue à tous les soins de l'exploitation.

Lecacheur avait son idée.

« Ça doit être çu gars de Polyte. »

La fermière se leva brusquement, et d'une voix furieuse :

« C'est li ! c'est li ! faut pas en trâcher[1] d'autre. C'est li ! Tu l'as dit, Cacheux ! »

Sur sa maigre figure irritée, toute sa fureur paysanne, toute son avarice, toute sa rage de femme économe contre le valet toujours soupçonné, contre la servante toujours suspectée, apparaissaient dans la contraction de la bouche, dans les rides des joues et du front.

« Et qué que t'as fait ? demanda-t-elle.

— J'ai envéyé quéri les gendarmes. »

Ce Polyte était un homme de peine employé pendant quelques jours dans la ferme et congédié par Lecacheur après une réponse insolente. Ancien soldat, il passait pour avoir gardé de ses campagnes en Afrique des habitudes de maraude et de libertinage[2]. Il faisait, pour vivre, tous les métiers. Maçon, terrassier, charretier, faucheur, casseur de pierres, ébrancheur, il était surtout fainéant ; aussi ne le gardait-on nulle part et devait-il par moments changer de canton pour trouver encore du travail.

Dès le premier jour de son entrée à la ferme, la femme de Lecacheur l'avait détesté ; et maintenant elle était sûre que le vol avait été commis par lui.

Au bout d'une demi-heure environ, les deux gendarmes arrivèrent. Le brigadier Sénateur était très haut et maigre, le gendarme Lenient[3], gros et court.

Lecacheur les fit asseoir, et leur raconta la chose. Puis on alla voir le lieu du méfait afin de constater le bris de la cabine et de recueillir toutes les preuves. Lorsqu'on fut rentré dans la cuisine, la maîtresse apporta du vin, emplit les verres et demanda avec un défi dans l'œil :

« L'prendrez-vous, c'ti-là ? »

Le brigadier, son sabre entre les jambes, semblait soucieux. Certes, il était sûr de le prendre si on voulait bien le lui désigner. Dans le cas contraire, il ne répondait point de le découvrir lui-même. Après avoir longtemps réfléchi, il posa cette simple question :

« Le connaissez-vous, le voleur ? »

Un pli de malice normande rida la grosse bouche de Lecacheur qui répondit :

« Pour l'connaître, non, je l'connais point, vu que j'lai pas vu vôler. Si j'l'avais vu, j'y aurais fait manger tout cru, poil et chair, sans un coup d'cidre pour l'faire passer. Pour lors, pour dire qui c'est, je l'dirai point, nonobstant, que j'crais qu'c'est çu propre-à-rien de Polyte. »

Alors il expliqua longuement ses histoires avec Polyte, le départ de ce valet, son mauvais regard, des propos rapportés, accumulant des preuves insignifiantes et minutieuses.

Le brigadier, qui avait écouté avec grande attention tout en vidant son verre de vin et en le remplissant ensuite, d'un geste indifférent, se tourna vers son gendarme :

« Faudra voir chez la femme au berqué[1] Severin », dit-il.

Le gendarme sourit et répondit par trois signes de tête.

Alors, Mme Lecacheur se rapprocha, et tout doucement, avec des ruses de paysanne, interrogea à son tour le brigadier. Ce berger Severin, un simple, une sorte de brute, élevé dans un parc à moutons, ayant grandi sur les côtes au milieu de ses bêtes trottantes et bêlantes, ne connaissant guère qu'elles au

monde, avait cependant conservé au fond de l'âme
l'instinct d'épargne du paysan. Certes, il avait dû
cacher, pendant des années et des années, dans des
creux d'arbre ou des trous de rocher tout ce qu'il
gagnait d'argent, soit en gardant les troupeaux, soit
en guérissant, par des attouchements et des paroles,
les entorses des animaux (car le secret des rebouteux
lui avait été transmis par un vieux berger qu'il avait
remplacé). Or, un jour, il acheta, en vente publique,
un petit bien, masure[1] et champ, d'une valeur de
trois mille francs.

Quelques mois plus tard, on apprit qu'il se
mariait. Il épousait une servante connue pour ses
mauvaises mœurs, la bonne du cabaretier. Les gars
racontaient que cette fille, le sachant aisé, l'avait été
trouver chaque nuit, dans sa hutte, et l'avait pris,
l'avait conquis, l'avait conduit au mariage, peu à
peu, de soir en soir.

Puis, ayant passé par la mairie et par l'église, elle
habitait maintenant la maison achetée par son
homme, tandis qu'il continuait à garder ses troupeaux, nuit et jour, à travers les plaines.

Et le brigadier ajouta :

« V'là trois s'maines que Polyte couche avec elle,
vu qu'il n'a pas d'abri, ce maraudeur. »

Le gendarme se permit un mot :

« Il prend la couverture au berger. »

Mme Lecacheur, saisie d'une rage nouvelle, d'une
rage accrue par une colère de femme mariée contre
le dévergondage, s'écria :

« C'est elle, j'en suis sûre. Allez-y. Ah ! les bougres
de voleux ! »

Mais le brigadier ne s'émut pas :

« Minute, dit-il. Attendons midi, vu qu'il y vient
dîner chaque jour. Je les pincerai le nez dessus. »

Et le gendarme souriait, séduit par l'idée de son chef ; et Lecacheur aussi souriait maintenant, car l'aventure du berger lui semblait comique, les maris trompés étant toujours plaisants.

Midi venait de sonner, quand le brigadier Sénateur, suivi de son homme, frappa trois coups légers à la porte d'une petite maison isolée, plantée au coin d'un bois, à cinq cents mètres du village.

Ils s'étaient collés contre le mur afin de n'être pas vus du dedans ; et ils attendirent. Au bout d'une minute ou deux, comme personne ne répondait, le brigadier frappa de nouveau. Le logis semblait inhabité tant il était silencieux, mais le gendarme Lenient, qui avait l'oreille fine, annonça qu'on remuait à l'intérieur.

Alors Sénateur se fâcha. Il n'admettait point qu'on résistât une seconde à l'autorité et, heurtant le mur du pommeau de son sabre, il cria :

« Ouvrez, au nom de la loi ! »

Cet ordre demeurant toujours inutile, il hurla :

« Si vous n'obéissez pas, je fais sauter la serrure. Je suis le brigadier de gendarmerie, nom de Dieu ! Attention, Lenient. »

Il n'avait point fini de parler que la porte était ouverte, et Sénateur avait devant lui une grosse fille très rouge, joufflue, dépoitraillée, ventrue, large des hanches, une sorte de femelle sanguine et bestiale, la femme du berger Severin.

Il entra.

« Je viens vous rendre visite, rapport à une petite enquête », dit-il.

Et il regardait autour de lui. Sur la table une assiette, un pot à cidre, un verre à moitié plein annonçaient un repas commencé. Deux couteaux traînaient côte à côte. Et le gendarme malin cligna de l'œil à son chef.

« Ça sent bon, dit celui-ci.

— On jurerait du lapin sauté, ajouta Lenient très gai.

— Voulez-vous un verre de fine ? demanda la paysanne.

— Non, merci. Je voudrais seulement la peau du lapin que vous mangez. »

Elle fit l'idiote ; mais elle tremblait.

« Qué lapin ? »

Le brigadier s'était assis et s'essuyait le front avec sérénité.

« Allons, allons, la patronne, vous ne nous ferez pas accroire que vous vous nourrissiez de chiendent. Que mangiez-vous là, toute seule, pour votre dîner ?

— Mé, rien de rien, j'vous jure. Un p'tieu d'beurre su l'pain.

— Mazette, la bourgeoise, un p'tieu d'beurre su l'pain... vous faites erreur. C'est un p'tieu d'beurre sur le lapin qu'il faut dire. Bougre ! il sent bon vot'beurre, nom de Dieu ! c'est du beurre de choix, du beurre d'extra, du beurre de noce, du beurre à poil, pour sûr, c'est pas du beurre de ménage, çu beurre-là ! »

Le gendarme se tordait et répétait :

« Pour sûr, c'est pas du beurre de ménage. »

Le brigadier Sénateur étant farceur, toute la gendarmerie était devenue facétieuse.

Il reprit :

« Oùsqu'il est vot'beurre ?

— Mon beurre ?

— Oui, vot'beurre.

— Mais dans l'pot !

— Alors, oùsqu'il est l'pot ?

— Qué pot ?

— L'pot à beurre, pardi !

— Le v'là. »

Elle alla chercher une vieille tasse au fond de laquelle gisait une couche de beurre rance et salé.

Le brigadier le flaira et, remuant le front :

« C'est pas l'même. Il me faut l'beurre qui sent le lapin sauté. Allons, Lenient, ouvrons l'œil ; vois su l'buffet, mon garçon ; mé j'vas guetter sous le lit. »

Ayant donc fermé la porte, il s'approcha du lit et le voulut tirer ; mais le lit tenait au mur, n'ayant pas été déplacé depuis plus d'un demi-siècle apparemment. Alors le brigadier se pencha, et fit craquer son uniforme. Un bouton venait de sauter.

« Lenient, dit-il.

— Mon brigadier ?

— Viens, mon garçon, viens au lit, moi je suis trop long pour voir dessous. Je me charge du buffet. »

Donc, il se releva, et attendit, debout, que son homme eût exécuté l'ordre.

Lenient, court et rond, ôta son képi, se jeta sur le ventre, et collant son front par terre, regarda longtemps le creux noir sous la couche. Puis, soudain, il s'écria :

« Je l'tiens ! Je l'tiens ! »

Le brigadier Sénateur se pencha sur son homme.

« Qué que tu tiens, le lapin ?

— Non, l'voleux !

— L'voleux ! Amène, amène ! »

Les deux bras du gendarme allongés sous le lit avaient appréhendé quelque chose, et il tirait de toute sa force. Un pied, chaussé d'un gros soulier, parut enfin, qu'il tenait de sa main droite.

Le brigadier le saisit : « Hardi ! hardi ! tire ! »

Lenient, à genoux maintenant, tirait sur l'autre jambe. Mais la besogne était rude, car le captif gigotait ferme, ruait et faisait gros dos, s'arc-boutant de la croupe à la traverse du lit.

« Hardi ! hardi ! tire », criait Sénateur.

Et ils tiraient de toute leur force, si bien que la barre de bois céda et l'homme sortit jusqu'à la tête, dont il se servit encore pour s'accrocher à sa cachette.

La figure parut enfin, la figure furieuse et consternée de Polyte dont les bras demeuraient étendus sous le lit.

« Tire ! » criait toujours le brigadier.

Alors un bruit bizarre se fit entendre ; et, comme les bras s'en venaient à la suite des épaules, les mains se montrèrent à la suite des bras et, dans les mains, la queue d'une casserole, et, au bout de la queue, la casserole elle-même, qui contenait un lapin sauté.

« Nom de Dieu, de Dieu, de Dieu, de Dieu ! » hurlait le brigadier fou de joie, tandis que Lenient s'assurait de l'homme.

Et la peau du lapin, preuve accablante, dernière et terrible pièce à conviction, fut découverte dans la paillasse.

Alors les gendarmes rentrèrent en triomphe au village avec le prisonnier et leurs trouvailles.

Huit jours plus tard, la chose ayant fait grand bruit, maître Lecacheur, en entrant à la mairie pour y conférer avec le maître d'école, apprit que le berger Severin l'y attendait depuis une heure.

L'homme était assis sur une chaise, dans un coin,

son bâton entre les jambes. En apercevant le maire, il se leva, ôta son bonnet, salua d'un :

« Bonjou, maît' Cacheux. »

Puis demeura debout, craintif, gêné.

« Qu'est-ce que vous demandez ? dit le fermier.

— V'là, maît' Cacheux. C'est-i véridique qu'on a volé un lapin cheux vous, l'aut'semaine ?

— Mais oui, c'est vrai, Severin.

— Ah ! ben, pour lors, c'est véridique.

— Oui, mon brave.

— Qué qui l'a vôlé, çu lapin ?

— C'est Polyte Ancas, l'journalier.

— Ben, ben. C'est-i véridique itou[1] qu'on l'a trouvé sous mon lit ?

— Qui ça, le lapin ?

— Le lapin et pi Polyte, l'un au bout de l'autre.

— Oui, mon pauv'e Severin. C'est vrai.

— Pour lors, c'est véridique ?

— Oui. Qu'est-ce qui vous a donc conté c't'histoire-là ?

— Un p'tieu tout l'monde. Je m'entends. Et pi, et pi, vous n'en savez long su l'mariage, vu qu'vous les faites, vous qu'êtes maire.

— Comment sur le mariage ?

— Oui, rapport au drait.

— Comment, rapport au droit ?

— Rapport au drait d'l'homme et pi au drait d'la femme.

— Mais, oui.

— Eh ben, dites-mé, maît' Cacheux, ma femme a-t-i l'drait de coucher avé Polyte ?

— Comment, de coucher avec Polyte ?

— Oui, c'est-i son drait, vu la loi, et pi vu qu'alle est ma femme, de coucher avec Polyte ?

— Mais non, mais non, c'est pas son droit.

— Si je l'y r'prends, j'ai-t-i l'drait de li fout' des coups, mé, à elle et pi à li itou ?

— Mais... mais... mais... oui.

— C'est ben, pour lors. J'vas vous dire. Eune nuit, vu qu'j'avais d'z'idées, j'rentrai, l'aute semaine, et j'les y trouvai, qui n'étaient point dos à dos. J'foutis Polyte coucher dehors ; mais c'est tout, vu que je savais point mon drait. C'te fois-ci, j'les vis point. Je l'sais par l's autres. C'est fini, n'en parlons pu. Mais si j'les r'pince... nom d'un nom, si j'les r'pince. Je leur ferai passer l'goût d'la rigolade[1], maît' Cacheux, aussi vrai que je m'nomme Severin... »

Un soir

Le *Kléber* avait stoppé, et je regardais de mes yeux ravis l'admirable golfe de Bougie[1] qui s'ouvrait devant nous. Les forêts kabyles couvraient les hautes montagnes ; les sables jaunes, au loin, faisaient à la mer une rive de poudre d'or, et le soleil tombait en torrents de feu sur les maisons blanches de la petite ville.

La brise chaude, la brise d'Afrique, apportait à mon cœur joyeux l'odeur du désert, l'odeur du grand continent mystérieux où l'homme du Nord ne pénètre guère. Depuis trois mois, j'errais sur le bord de ce monde profond et inconnu, sur le rivage de cette terre fantastique de l'autruche, du chameau, de la gazelle, de l'hippopotame, du gorille, de l'éléphant et du nègre. J'avais vu l'Arabe galoper dans le vent, comme un drapeau qui flotte et vole et passe, j'avais couché sous la tente brune, dans la demeure vagabonde de ces oiseaux blancs du désert. J'étais ivre de lumière, de fantaisie et d'espace.

Maintenant, après cette dernière excursion, il faudrait partir, retourner en France, revoir Paris, la ville du bavardage inutile, des soucis médiocres et des poignées de main sans nombre. Je dirais adieu aux choses aimées, si nouvelles, à peine entrevues, tant regrettées.

Une flotte de barques entourait le paquebot. Je sautai dans l'une d'elles où ramait un négrillon, et je fus bientôt sur le quai, près de la vieille porte sarrasine[1], dont la ruine grise, à l'entrée de la cité kabyle, semble un écusson de noblesse antique.

Comme je demeurais debout sur le port, à côté de ma valise, regardant sur la rade le gros navire à l'ancre, et stupéfait d'admiration devant cette côte unique, devant ce cirque de montagnes baignées par les flots bleus, plus beau que celui de Naples, aussi beau que ceux d'Ajaccio et de Porto, en Corse, une lourde main me tomba sur l'épaule.

Je me retournai et je vis un grand homme à barbe longue, coiffé d'un chapeau de paille, vêtu de flanelle blanche, debout à côté de moi, et me dévisageant de ses yeux bleus :

« N'êtes-vous pas mon ancien camarade de pension ? dit-il.

— C'est possible. Comment vous appelez-vous ?

— Trémoulin.

— Parbleu ! Tu étais mon voisin d'études.

— Ah ! vieux, je t'ai reconnu du premier coup, moi. »

Et la longue barbe se frotta sur mes joues.

Il semblait si content, si gai, si heureux de me voir, que, par un élan d'amical égoïsme, je serrai fortement les deux mains de ce camarade de jadis, et que je me sentis moi-même très satisfait de l'avoir ainsi retrouvé.

Trémoulin avait été pour moi pendant quatre ans le plus intime, le meilleur de ces compagnons d'études que nous oublions si vite à peine sortis du collège. C'était alors un grand corps mince, qui semblait porter une tête trop lourde, une grosse tête ronde, pesante, inclinant le cou tantôt à droite, tantôt à gauche, et écrasant la poitrine étroite de ce haut collégien à longues jambes.

Très intelligent, doué d'une facilité merveilleuse, d'une rare souplesse d'esprit, d'une sorte d'intuition instinctive pour toutes les études littéraires, Trémoulin était le grand décrocheur de prix de notre classe.

On demeurait convaincu au collège qu'il deviendrait un homme illustre, un poète sans doute, car il faisait des vers et il était plein d'idées ingénieusement sentimentales. Son père, pharmacien dans le quartier du Panthéon, ne passait pas pour riche.

Aussitôt après le baccalauréat, je l'avais perdu de vue.

« Qu'est-ce que tu fais ici ? » m'écriai-je.

Il répondit en souriant :

« Je suis colon.

— Bah ! Tu plantes ?

— Et je récolte.

— Quoi ?

— Du raisin, dont je fais du vin.

— Et ça va ?

— Ça va très bien.

— Tant mieux, mon vieux.

— Tu allais à l'hôtel ?

— Mais, oui.

— Eh bien, tu iras chez moi.

— Mais !...

— C'est entendu. »

Et il dit au négrillon qui surveillait nos mouvements :

« Chez moi, Ali. »

Ali répondit :

« Foui, moussi. »

Puis se mit à courir, ma valise sur l'épaule, ses pieds noirs battant la poussière.

Trémoulin me saisit le bras, et m'emmena. D'abord il me posa des questions sur mon voyage, sur mes impressions, et, voyant mon enthousiasme, parut m'en aimer davantage.

Sa demeure était une vieille maison mauresque à cour intérieure, sans fenêtres sur la rue, et dominée par une terrasse qui dominait elle-même celles des maisons voisines, et le golfe et les forêts, les montagnes, la mer[1].

Je m'écriai :

« Ah ! voilà ce que j'aime, tout l'Orient m'entre dans le cœur en ce logis. Cristi ! que tu es heureux de vivre ici ! Quelles nuits tu dois passer sur cette terrasse ! Tu y couches ?

— Oui, j'y dors pendant l'été. Nous y monterons ce soir. Aimes-tu la pêche ?

— Quelle pêche ?

— La pêche au flambeau[2].

— Mais oui, je l'adore.

— Eh bien, nous irons, après dîner. Puis nous reviendrons prendre des sorbets sur mon toit. »

Après que je me fus baigné, il me fit visiter la ravissante ville kabyle, une vraie cascade de maisons blanches dégringolant à la mer, puis nous rentrâmes comme le soir venait, et après un exquis dîner nous descendîmes vers le quai.

On ne voyait plus rien que les feux des rues et les étoiles, ces larges étoiles luisantes, scintillantes, du ciel d'Afrique.

Dans un coin du port, une barque attendait. Dès que nous fûmes dedans, un homme dont je n'avais point distingué le visage se mit à ramer pendant que mon ami préparait le brasier qu'il allumerait tout à l'heure. Il me dit :

« Tu sais, c'est moi qui manie la fouine[1]. Personne n'est plus fort que moi.

— Mes compliments. »

Nous avions contourné une sorte de môle et nous étions, maintenant, dans une petite baie pleine de hauts rochers dont les ombres avaient l'air de tours bâties dans l'eau, et je m'aperçus, tout à coup, que la mer était phosphorescente. Les avirons qui la battaient lentement, à coups réguliers, allumaient dedans, à chaque tombée, une lueur mouvante et bizarre qui traînait ensuite au loin derrière nous, en s'éteignant. Je regardais, penché, cette coulée de clarté pâle, émiettée par les rames, cet inexprimable feu de la mer, ce feu froid qu'un mouvement allume et qui meurt dès que le flot se calme. Nous allions dans le noir, glissant sur cette lueur, tous les trois.

Où allions-nous ? Je ne voyais point mes voisins, je ne voyais rien que ce remous lumineux et les étincelles d'eau projetées par les avirons. Il faisait chaud, très chaud. L'ombre semblait chauffée dans un four, et mon cœur se troublait de ce voyage mystérieux avec ces deux hommes dans cette barque silencieuse.

Des chiens, les maigres chiens arabes au poil roux, au nez pointu, aux yeux luisants, aboyaient au loin, comme ils aboient toutes les nuits sur cette terre démesurée, depuis les rives de la mer jusqu'au fond du désert où campent les tribus errantes. Les renards, les chacals, les hyènes, répondaient ; et non loin de là, sans doute, quelque lion solitaire devait grogner dans une gorge de l'Atlas.

Soudain, le rameur s'arrêta. Où étions-nous ? Un petit bruit grinça près de moi. Une flamme d'allumette apparut, et je vis une main, rien qu'une main, portant cette flamme légère vers la grille de fer suspendue à l'avant du bateau et chargée de bois comme un bûcher flottant.

Je regardais, surpris, comme si cette vue eût été troublante et nouvelle, et je suivis avec émotion la petite flamme touchant au bord de ce foyer une poignée de bruyères sèches qui se mirent à crépiter.

Alors, dans la nuit endormie, dans la lourde nuit brûlante, un grand feu clair jaillit, illuminant, sous un dais de ténèbres pesant sur nous, la barque et deux hommes, un vieux matelot maigre, blanc et ridé, coiffé d'un mouchoir noué sur la tête, et Trémoulin, dont la barbe blonde luisait.

« Avant ! » dit-il.

L'autre rama, nous remettant en marche, au milieu d'un météore, sous le dôme d'ombre mobile qui se promenait avec nous. Trémoulin, d'un mouvement continu, jetait du bois sur le brasier qui flambait, éclatant et rouge.

Je me penchai de nouveau et j'aperçus le fond de la mer. À quelques pieds sous le bateau il se déroulait lentement, à mesure que nous passions, l'étrange pays de l'eau, de l'eau qui vivifie, comme l'air du ciel, des plantes et des bêtes. Le brasier enfonçant jusqu'aux rochers sa vive lumière, nous glissions sur des forêts surprenantes d'herbes rousses, roses, vertes, jaunes. Entre elles et nous une glace admirablement transparente, une glace liquide, presque invisible, les rendait féeriques, les reculait dans un rêve, dans le rêve qu'éveillent les océans profonds. Cette onde claire si limpide qu'on ne distinguait point, qu'on devinait plutôt, mettait entre ces étranges végétations et nous quelque chose de troublant comme le doute de la réalité, les faisait mystérieuses comme les paysages des songes.

Quelquefois les herbes venaient jusqu'à la surface, pareilles à des cheveux, à peine remuées par le lent passage de la barque.

Au milieu d'elles, de minces poissons d'argent filaient, fuyaient, vus une seconde et disparus. D'autres, endormis encore, flottaient suspendus au milieu de ces broussailles d'eau, luisants et fluets, insaisissables. Souvent un crabe courait vers un trou pour se cacher, ou bien une méduse bleuâtre et transparente, à peine visible, fleur d'azur pâle, vraie fleur de mer, laissait traîner son corps liquide dans notre léger remous ; puis, soudain, le fond disparaissait, tombé plus bas, très loin, dans un brouillard de verre épaissi. On voyait vaguement alors de gros rochers et des varechs sombres, à peine éclairés par le brasier.

Trémoulin, debout à l'avant, le corps penché, tenant aux mains le long trident aux pointes aiguës qu'on nomme la fouine, guettait les rochers, les herbes, le fond changeant de la mer, avec un œil ardent de bête qui chasse.

Tout à coup, il laissa glisser dans l'eau, d'un mouvement vif et doux, la tête fourchue de son arme, puis il la lança comme on lance une flèche, avec une telle promptitude qu'elle saisit à la course un grand poisson fuyant devant nous.

Je n'avais rien vu que le geste de Trémoulin, mais je l'entendis grogner de joie, et, comme il levait sa fouine dans la clarté du brasier, j'aperçus une bête qui se tordait traversée par les dents de fer. C'était un congre. Après l'avoir contemplé et me l'avoir montré en le promenant au-dessus de la flamme, mon ami le jeta dans le fond du bateau. Le serpent de mer, le corps percé de cinq plaies, glissa, rampa, frôlant mes pieds, cherchant un trou pour fuir, et, ayant trouvé entre les membrures du bateau une flaque d'eau saumâtre, il s'y blottit, s'y roula presque mort déjà.

Alors, de minute en minute, Trémoulin cueillit, avec une adresse surprenante, avec une rapidité foudroyante, avec une sûreté miraculeuse, tous les étranges vivants de l'eau salée. Je voyais tour à tour passer au-dessus du feu, avec des convulsions d'agonie, des loups argentés, des murènes sombres tachetées de sang, des rascasses hérissées de dards, et des sèches, animaux bizarres qui crachaient de l'encre et faisaient la mer toute noire pendant quelques instants, autour du bateau.

Cependant je croyais sans cesse entendre des cris d'oiseaux autour de nous, dans la nuit, et je levais la tête m'efforçant de voir d'où venaient ces sifflements aigus, proches ou lointains, courts ou prolongés. Ils étaient innombrables, incessants, comme si une nuée d'ailes eût plané sur nous, attirées sans doute par la flamme. Parfois ces bruits semblaient tromper l'oreille et sortir de l'eau.

Je demandai :

« Qui est-ce qui siffle ainsi ?

— Mais ce sont les charbons qui tombent. »

C'était en effet le brasier semant sur la mer une pluie de brindilles en feu. Elles tombaient rouges ou flambant encore et s'éteignaient avec une plainte

douce, pénétrante, bizarre, tantôt un vrai gazouille-
ment, tantôt un appel court d'émigrant qui passe.
Des gouttes de résine ronflaient comme des balles
ou comme des frelons et mouraient brusquement en
plongeant. On eût dit vraiment des voix d'êtres, une
inexprimable et frêle rumeur de vie errant dans
l'ombre tout près de nous.

Trémoulin cria soudain :

« Ah... la gueuse ! »

Il lança sa fouine, et, quand il la releva, je vis,
enveloppant les dents de la fourchette, et collée au
bois, une sorte de grande loque de chair rouge qui
palpitait, remuait, enroulant et déroulant de longues
et molles et fortes lanières couvertes de suçoirs
autour du manche du trident. C'était une pieuvre.

Il approcha de moi cette proie, et je distinguai les
deux gros yeux du monstre qui me regardaient, des
yeux saillants, troubles et terribles, émergeant d'une
sorte de poche qui ressemblait à une tumeur. Se
croyant libre, la bête allongea lentement un de ses
membres dont je vis les ventouses blanches ramper
vers moi. La pointe en était fine comme un fil, et dès
que cette jambe dévorante se fut accrochée au banc,
une autre se souleva, se déploya pour la suivre. On
sentait là-dedans, dans ce corps musculeux et mou,
dans cette ventouse vivante, rougeâtre et flasque,
une irrésistible force. Trémoulin avait ouvert son
couteau, et d'un coup brusque, il le plongea entre les
yeux.

On entendit un soupir, un bruit d'air qui
s'échappe ; et le poulpe cessa d'avancer.

Il n'était pas mort cependant, car la vie est tenace
en ces corps nerveux, mais sa vigueur était détruite,
sa pompe crevée, il ne pouvait plus boire le sang,
sucer et vider la carapace des crabes.

Trémoulin, maintenant, détachait du bordage, comme pour jouer avec cet agonisant, ses ventouses impuissantes, et, saisi soudain par une étrange colère, il cria :

« Attends, je vais te chauffer les pieds. »

D'un coup de trident il le reprit et, l'élevant de nouveau, il fit passer contre la flamme, en les frottant aux grilles de fer rougies du brasier, les fines pointes de chair des membres de la pieuvre.

Elles crépitèrent en se tordant, rougies, raccourcies par le feu ; et j'eus mal jusqu'au bout des doigts de la souffrance de l'affreuse bête.

« Oh ! ne fais pas ça », criai-je.

Il répondit avec calme :

« Bah ! c'est assez bon pour elle. »

Puis il rejeta dans le bateau la pieuvre crevée et mutilée qui se traîna entre mes jambes, jusqu'au trou plein d'eau saumâtre, où elle se blottit pour mourir au milieu des poissons morts.

Et la pêche continua longtemps, jusqu'à ce que le bois vînt à manquer.

Quand il n'y en eut plus assez pour entretenir le feu, Trémoulin précipita dans l'eau le brasier tout entier, et la nuit, suspendue sur nos têtes par la flamme éclatante, tomba sur nous, nous ensevelit de nouveau dans ses ténèbres.

Le vieux se remit à ramer, lentement, à coups réguliers. Où était le port, où était la terre ? où était l'entrée du golfe et la large mer ? Je n'en savais rien. Le poulpe remuait encore près de mes pieds, et je souffrais dans les ongles comme si on me les eût brûlés aussi. Soudain, j'aperçus des lumières ; on rentrait au port.

« Est-ce que tu as sommeil ? demanda mon ami.

— Non, pas du tout.

— Alors, nous allons bavarder un peu sur mon toit.

— Bien volontiers. »

Au moment où nous arrivions sur cette terrasse, j'aperçus le croissant de la lune qui se levait derrière les montagnes. Le vent chaud glissait par souffles lents, plein d'odeurs légères, presque imperceptibles, comme s'il eût balayé sur son passage la saveur des jardins et des villes de tous les pays brûlés du soleil.

Autour de nous, les maisons blanches aux toits carrés descendaient vers la mer, et sur ces toits on voyait des formes humaines couchées ou debout, qui dormaient ou qui rêvaient sous les étoiles, des familles entières roulées en de longs vêtements de flanelle et se reposant, dans la nuit calme, de la chaleur du jour.

Il me sembla tout à coup que l'âme orientale entrait en moi, l'âme poétique et légendaire des peuples simples aux pensées fleuries. J'avais le cœur plein de la Bible et des Mille et Une Nuits ; j'entendais des prophètes annoncer des miracles, et je voyais sur les terrasses de palais passer des princesses en pantalons de soie, tandis que brûlaient, en des réchauds d'argent, des essences fines dont la fumée prenait des formes de génies.

Je dis à Trémoulin :

« Tu as de la chance d'habiter ici. »

Il répondit :

« C'est le hasard qui m'y a conduit.

— Le hasard ?

— Oui, le hasard et le malheur.

— Tu as été malheureux ?

— Très malheureux. »

Il était debout, devant moi, enveloppé de son bur-
nous, et sa voix me fit passer un frisson sur la peau,
tant elle me sembla douloureuse.

Il reprit après un moment de silence :

« Je peux te raconter mon chagrin. Cela me fera
peut-être du bien d'en parler.

— Raconte.

— Tu le veux ?

— Oui. »

« Voilà. Tu te rappelles bien ce que j'étais au collège : une manière de poète élevé dans une pharma-
cie. Je rêvais de faire des livres, et j'essayai, après
mon baccalauréat. Cela ne me réussit pas. Je publiai
un volume de vers, puis un roman, sans vendre
davantage l'un que l'autre, puis une pièce de théâtre
qui ne fut pas jouée.

» Alors, je devins amoureux. Je ne te raconterai
pas ma passion. À côté de la boutique de papa, il y
avait un tailleur, lequel était père d'une fille. Je
l'aimai. Elle était intelligente, ayant conquis ses
diplômes d'instruction supérieure, et avait un esprit
vif, sautillant, très en harmonie, d'ailleurs, avec sa
personne. On lui eût donné quinze ans bien qu'elle
en eût plus de vingt-deux. C'était une toute petite
femme, fine de traits, de lignes, de ton, comme une
aquarelle délicate. Son nez, sa bouche, ses yeux
bleus, ses cheveux blonds, son sourire, sa taille, ses
mains, tout cela semblait fait pour une vitrine et non
pour la vie à l'air. Pourtant elle était vive, souple et
active incroyablement. J'en fus très amoureux. Je me
rappelle deux ou trois promenades au jardin du
Luxembourg, auprès de la fontaine de Médicis, qui
demeureront assurément les meilleures heures de

ma vie. Tu connais, n'est-ce pas, cet état bizarre de folie tendre qui fait que nous n'avons plus de pensée que pour des actes d'adoration ? On devient véritablement un possédé que hante une femme, et rien n'existe plus pour nous à côté d'elle.

» Nous fûmes bientôt fiancés. Je lui communiquai mes projets d'avenir qu'elle blâma. Elle ne me croyait ni poète, ni romancier, ni auteur dramatique, et pensait que le commerce, quand il prospère, peut donner le bonheur parfait.

» Renonçant donc à composer des livres, je me résignai à en vendre, et j'achetai, à Marseille, la Librairie universelle, dont le propriétaire était mort.

» J'eus là trois bonnes années. Nous avions fait de notre magasin une sorte de salon littéraire où tous les lettrés de la ville venaient causer. On entrait chez nous comme on entre au cercle, et on échangeait des idées sur les livres, sur les poètes, sur la politique surtout. Ma femme, qui dirigeait la vente, jouissait d'une vraie notoriété dans la ville. Quant à moi, pendant qu'on bavardait au rez-de-chaussée, je travaillais dans mon cabinet du premier qui communiquait avec la librairie par un escalier tournant. J'entendais les voix, les rires, les discussions, et je cessais d'écrire parfois, pour écouter. Je m'étais mis en secret à composer un roman — que je n'ai pas fini.

» Les habitués les plus assidus étaient M. Montina, un rentier, un grand garçon, un beau garçon, un beau du Midi, à poil noir, avec des yeux complimenteurs, M. Barbet, un magistrat, deux commerçants, MM. Faucil et Labarrègue, et le général marquis de Flèche, le chef du parti royaliste, le plus gros personnage de la province, un vieux de soixante-six ans.

» Les affaires marchaient bien. J'étais heureux, très heureux.

» Voilà qu'un jour, vers trois heures, en faisant des courses, je passai par la rue Saint-Ferréol et je vis sortir soudain d'une porte une femme dont la tournure ressemblait si fort à celle de la mienne que je me serais dit : "C'est elle !" si je ne l'avais laissée, un peu souffrante, à la boutique une heure plus tôt. Elle marchait devant moi, d'un pas rapide, sans se retourner. Et je me mis à la suivre presque malgré moi, surpris, inquiet.

» Je me disais : "Ce n'est pas elle. Non. C'est impossible, puisqu'elle avait la migraine. Et puis qu'aurait-elle été faire dans cette maison ?"

» Je voulus cependant en avoir le cœur net, et je me hâtai pour la rejoindre. M'a-t-elle senti ou deviné ou reconnu à mon pas, je n'en sais rien, mais elle se retourna brusquement. C'était elle ! En me voyant elle rougit beaucoup et s'arrêta, puis, souriant :

» "Tiens, te voilà ?"

» J'avais le cœur serré.

» "Oui. Tu es donc sortie ? Et ta migraine ?

» — Ça allait mieux, j'ai été faire une course.

» — Où donc ?

» — Chez Lacaussade, rue Cassinelli, pour une commande de crayons."

» Elle me regardait bien en face. Elle n'était plus rouge, mais plutôt un peu pâle. Ses yeux clairs et limpides — ah ! les yeux des femmes ! — semblaient pleins de vérité, mais je sentis vaguement, douloureusement, qu'ils étaient pleins de mensonge. Je restais devant elle plus confus, plus embarrassé, plus saisi qu'elle-même, sans oser rien soupçonner, mais sûr qu'elle mentait. Pourquoi ? je n'en savais rien.

» Je dis seulement :

» "Tu as bien fait de sortir si ta migraine va mieux.

» — Oui, beaucoup mieux.

» — Tu rentres ?

» — Mais oui."

» Je la quittai, et m'en allai seul, par les rues. Que se passait-il ? J'avais eu, en face d'elle, l'intuition de sa fausseté. Maintenant je n'y pouvais croire ; et quand je rentrai pour dîner, je m'accusais d'avoir suspecté, même une seconde, sa sincérité.

» As-tu été jaloux, toi ? oui ou non, qu'importe ! La première goutte de jalousie était tombée sur mon cœur. Ce sont des gouttes de feu. Je ne formulais rien, je ne croyais rien. Je savais seulement qu'elle avait menti. Songe que tous les soirs, quand nous restions en tête à tête, après le départ des clients et des commis, soit qu'on allât flâner jusqu'au port, quand il faisait beau, soit qu'on demeurât à bavarder dans mon bureau, s'il faisait mauvais, je laissais s'ouvrir mon cœur devant elle avec un abandon sans réserve, car je l'aimais. Elle était une part de ma vie, la plus grande, et toute ma joie. Elle tenait dans ses petites mains ma pauvre âme captive, confiante et fidèle.

» Pendant les premiers jours, ces premiers jours de doute et de détresse avant que le soupçon se précise et grandisse, je me sentis abattu et glacé comme lorsqu'une maladie couve en nous. J'avais froid sans cesse, vraiment froid, je ne mangeais plus, je ne dormais pas.

» Pourquoi avait-elle menti ? que faisait-elle dans cette maison ? J'y étais entré pour tâcher de découvrir quelque chose. Je n'avais rien trouvé. Le locataire du premier, un tapissier, m'avait renseigné sur tous ses voisins, sans que rien me jetât sur une piste. Au second habitait une sage-femme, au troisième une couturière et une manicure, dans les combles deux cochers avec leurs familles.

» Pourquoi avait-elle menti ? Il lui aurait été si facile de me dire qu'elle venait de chez la couturière ou de chez la manicure. Oh ! quel désir j'ai eu de les interroger aussi ! Je ne l'ai pas fait de peur qu'elle en fût prévenue et qu'elle connût mes soupçons.

» Donc, elle était entrée dans cette maison et me l'avait caché. Il y avait un mystère. Lequel ? Tantôt j'imaginais des raisons louables, une bonne œuvre dissimulée, un renseignement à chercher, je m'accusais de la suspecter. Chacun de nous n'a-t-il pas le droit d'avoir ses petits secrets innocents, une sorte de seconde vie intérieure dont on ne doit compte à personne ? Un homme, parce qu'on lui a donné pour compagne une jeune fille, peut-il exiger qu'elle ne pense et ne fasse plus rien sans l'en prévenir avant ou après ? Le mot mariage veut-il dire renoncement à toute indépendance, à toute liberté ? Ne se pouvait-il faire qu'elle allât chez une couturière sans me le dire ou qu'elle secourût la famille d'un des cochers ? Ne se pouvait-il aussi que sa visite dans cette maison, sans être coupable, fût de nature à être, non pas blâmée, mais critiquée par moi ? Elle me connaissait jusque dans mes manies les plus ignorées et craignait peut-être, sinon un reproche, du moins une discussion. Ses mains étaient fort jolies, et je finis par supposer qu'elle les faisait soigner en cachette par la manicure du logis suspect et qu'elle ne l'avouait point pour ne pas paraître dissipatrice. Elle avait de l'ordre, de l'épargne, mille précautions de femme économe et entendue aux affaires. En confessant cette petite dépense de coquetterie elle se serait sans doute jugée amoindrie à mes yeux. Les femmes ont tant de subtilités et de roueries natives dans l'âme.

» Mais tous mes raisonnements ne me rassuraient point. J'étais jaloux. Le soupçon me travaillait, me déchirait, me dévorait. Ce n'était pas encore un soupçon, mais le soupçon. Je portais en moi une douleur, une angoisse affreuse, une pensée encore voilée — oui, une pensée avec un voile dessus — ce voile, je n'osais pas le soulever, car, dessous, je trouverais un horrible doute... Un amant !... N'avait-elle pas un amant ?... Songe ! songe ! Cela était invraisemblable, impossible... et pourtant ?...

» La figure de Montina passait sans cesse devant mes yeux. Je le voyais, ce grand bellâtre aux cheveux luisants, lui sourire dans le visage, et je me disais : "C'est lui."

» Je me faisais l'histoire de leur liaison. Ils avaient parlé d'un livre ensemble, discuté l'aventure d'amour, trouvé quelque chose qui leur ressemblait, et de cette analogie avaient fait une réalité.

» Et je les surveillais, en proie au plus abominable supplice que puisse endurer un homme. J'avais acheté des chaussures à semelles de caoutchouc afin de circuler sans bruit, et je passais ma vie maintenant à monter et à descendre mon petit escalier en limaçon pour les surprendre. Souvent, même, je me laissais glisser sur les mains, la tête la première, le long des marches, afin de voir ce qu'ils faisaient. Puis je devais remonter à reculons, avec des efforts et une peine infinis, après avoir constaté que le commis était en tiers.

» Je ne vivais plus, je souffrais. Je ne pouvais plus penser à rien, ni travailler, ni m'occuper de mes affaires. Dès que je sortais, dès que j'avais fait cent

pas dans la rue je me disais : "Il est là", et je rentrais.
Il n'y était pas. Je repartais ! Mais à peine m'étais-je
éloigné de nouveau, je pensais : "Il est venu, maintenant", et je retournais.

» Cela durait tout le long des jours.

» La nuit, c'était plus affreux encore, car je la sentais à côté de moi, dans mon lit. Elle était là, dormant ou feignant de dormir ! Dormait-elle ? Non,
sans doute. C'était encore un mensonge ?

» Je restais immobile, sur le dos, brûlé par la chaleur de son corps, haletant et torturé. Oh ! quelle
envie, une envie ignoble et puissante, de me lever, de
prendre une bougie et un marteau, et, d'un seul
coup, de lui fendre la tête, pour voir dedans ! J'aurais
vu, je le sais bien, une bouillie de cervelle et de sang,
rien de plus. Je n'aurais pas su ! Impossible de
savoir ! Et ses yeux ! Quand elle me regardait, j'étais
soulevé par des rages folles. On la regarde — elle
vous regarde ! Ses yeux sont transparents, candides
— et faux, faux, faux ! et on ne peut deviner ce
qu'elle pense, derrière. J'avais envie d'enfoncer des
aiguilles dedans, de crever ces glaces de fausseté.

» Ah ! comme je comprends l'inquisition ! Je lui
aurais tordu les poignets dans des manchettes de fer.
"Parle... avoue !... Tu ne veux pas ?... attends !..." —
Je lui aurais serré la gorge doucement... "Parle,
avoue !... tu ne veux pas ?..." — et j'aurais serré,
serré, jusqu'à la voir râler, suffoquer, mourir... Ou
bien je lui aurais brûlé les doigts sur le feu... Oh !
cela, avec quel bonheur je l'aurais fait !... "Parle...
parle donc... Tu ne veux pas ?" — Je les aurais tenus
sur les charbons, ils auraient été grillés, par le bout...
et elle aurait parlé... certes !... elle aurait parlé... »

Trémoulin, dressé les poings fermés, criait. Autour

de nous, sur les toits voisins, les ombres se soulevaient, se réveillaient, écoutaient, troublées dans leur repos.

Et moi, ému, capté par un intérêt puissant, je voyais devant moi, dans la nuit, comme si je l'avais connue, cette petite femme, ce petit être blond, vif et rusé. Je la voyais vendre ses livres, causer avec les hommes que son air d'enfant troublait, et je voyais dans sa fine tête de poupée les petites idées sournoises, les folles idées empanachées, les rêves de modistes parfumées au musc s'attachant à tous les héros des romans d'aventures. Comme lui je la suspectais, je la détestais, je la haïssais, je lui aurais aussi brûlé les doigts pour qu'elle avouât.

Il reprit, d'un ton plus calme :

« Je ne sais pas pourquoi je te raconte cela. Je n'en ai jamais parlé à personne. Oui, mais je n'ai vu personne depuis deux ans. Je n'ai causé avec personne, avec personne ! Et cela me bouillonnait dans le cœur comme une boue qui fermente. Je la vide. Tant pis pour toi.

» Eh bien ! je m'étais trompé, c'était pis que ce que j'avais cru, pis que tout. Écoute. J'usai du moyen qu'on emploie toujours, je simulai des absences. Chaque fois que je m'éloignais, ma femme déjeunait dehors. Je ne te raconterai pas comment j'achetai un garçon de restaurant pour la surprendre.

» La porte de leur cabinet devait m'être ouverte, et j'arrivai, à l'heure convenue, avec la résolution formelle de les tuer. Depuis la veille je voyais la scène comme si elle avait déjà eu lieu ! J'entrais ! Une petite table couverte de verres, de bouteilles et d'assiettes, la séparait de Montina. Leur surprise était telle en m'apercevant qu'ils demeuraient immobiles. Moi, sans dire un mot, j'abattais sur la tête de l'homme la canne plombée dont j'étais armé. Assommé d'un seul coup, il s'affaissait, la figure sur la nappe ! Alors je me tournais vers elle et je lui laissais le temps — quelques secondes — de comprendre et de tordre ses bras vers moi, folle d'épouvante, avant de mourir à son tour. Oh ! j'étais prêt, fort, résolu et content, content jusqu'à l'ivresse. L'idée du regard éperdu qu'elle me jetterait sous ma canne levée, de ses mains tendues en avant, du cri de sa gorge, de sa figure soudain livide et convulsée, me vengeait d'avance. Je ne l'abattrais pas du premier coup, elle ! Tu me trouves féroce, n'est-ce pas ? Tu ne sais pas ce qu'on souffre. Penser qu'une femme, épouse ou maîtresse, qu'on aime, se donne à un autre, se livre à lui comme à vous, et reçoit ses lèvres comme les vôtres ! C'est une chose atroce, épouvantable. Quand on a connu un jour cette torture, on est capable de tout. Oh ! je m'étonne qu'on ne tue pas plus souvent, car tous ceux qui ont été trahis, tous, ont désiré tuer, ont joui de cette mort rêvée, ont fait, seuls dans leur chambre, ou sur une route déserte, hantés par l'hallucination de la vengeance satisfaite, le geste d'étrangler ou d'assommer.

» Moi, j'arrivai à ce restaurant. Je demandai : "Ils sont là ?" Le garçon vendu répondit : "Oui, monsieur", me fit monter un escalier, et me montrant une porte : "Ici !" dit-il. Je serrais ma canne comme si mes doigts eussent été de fer. J'entrai.

» J'avais bien choisi l'instant. Ils s'embrassaient, mais ce n'était pas Montina. C'était le général de Flèche, le général qui avait soixante-six ans !

» Je m'attendais si bien à trouver l'autre, que je demeurai perclus d'étonnement.

» Et puis... et puis... je ne sais pas encore ce qui se passa en moi... non... je ne sais pas ! Devant l'autre, j'aurais été convulsé de fureur !... Devant celui-là, devant ce vieil homme ventru, aux joues tombantes, je fus suffoqué par le dégoût. Elle, la petite, qui semblait avoir quinze ans, s'était donnée, livrée à ce gros homme presque gâteux, parce qu'il était marquis, général, l'ami et le représentant des rois détrônés. Non, je ne sais pas ce que je sentis, ni ce que je pensai. Ma main n'aurait pas pu frapper ce vieux ! Quelle honte ! Non, je n'avais plus envie de tuer ma femme, mais toutes les femmes qui peuvent faire des choses pareilles ! Je n'étais plus jaloux, j'étais éperdu comme si j'avais vu l'horreur des horreurs !

» Qu'on dise ce qu'on voudra des hommes, ils ne sont point si vils que cela ! Quand on en rencontre un qui s'est livré de cette façon, on le montre au doigt. L'époux ou l'amant d'une vieille femme est plus méprisé qu'un voleur. Nous sommes propres, mon cher. Mais elles, elles, des filles, dont le cœur est sale ! Elles sont à tous, jeunes ou vieux, pour des raisons méprisables et différentes, parce que c'est leur profession, leur vocation et leur fonction. Ce sont les éternelles, inconscientes et sereines prostituées qui livrent leur corps sans dégoût, parce qu'il est marchandise d'amour, qu'elles le vendent ou qu'elles le donnent, au vieillard qui hante les trottoirs avec de l'or dans sa poche, ou bien, pour la gloire, au vieux souverain lubrique, au vieil homme célèbre et répugnant !... »

Il vociférait comme un prophète antique, d'une voix furieuse, sous le ciel étoilé, criant, avec une rage

de désespéré, la honte glorifiée de toutes les maîtresses des vieux monarques, la honte respectée de
toutes les vierges qui acceptent de vieux époux, la
honte tolérée de toutes les jeunes femmes qui
cueillent, souriantes, de vieux baisers.

Je les voyais, depuis la naissance du monde, évo-
quées, appelées par lui, surgissant autour de nous
dans cette nuit d'Orient, les filles, les belles filles à
l'âme vile qui, comme les bêtes ignorant l'âge du
mâle, furent dociles à des désirs séniles. Elles se
levaient, servantes des patriarches chantées par la
Bible, Agar, Ruth, les filles de Loth, la brune Abigaïl,
la vierge de Sunnam qui, de ses caresses, ranimait
David agonisant[1], et toutes les autres, jeunes,
grasses, blanches, patriciennes ou plébéiennes, irres-
ponsables femelles d'un maître, chair d'esclave soumise, éblouie ou payée !

Je demandai :

« Qu'as-tu fait ? »

Il répondit simplement :

« Je suis parti. Et me voici. »

Alors nous restâmes l'un près de l'autre, longtemps, sans parler, rêvant !...

J'ai gardé de ce soir-là une impression inoubliable.
Tout ce que j'avais vu, senti, entendu, deviné, la
pêche, la pieuvre aussi peut-être, et ce récit poi-
gnant, au milieu des fantômes blancs, sur les toits
voisins, tout semblait concourir à une émotion
unique. Certaines rencontres, certaines inexplicables
combinaisons de choses, contiennent assurément,
sans que rien d'exceptionnel y apparaisse, une plus
grande quantité de secrète quintessence de vie que
celle dispersée dans l'ordinaire des jours.

Les Épingles

« Ah ! mon cher, quelles rosses, les femmes !

— Pourquoi dis-tu ça ?

— C'est qu'elles m'ont joué un tour abominable.

— À toi ?

— Oui, à moi.

— Les femmes, ou une femme ?

— Deux femmes.

— Deux femmes en même temps ?

— Oui.

— Quel tour ? »

Les deux jeunes gens étaient assis devant un grand café du boulevard et buvaient des liqueurs mélangées d'eau, ces apéritifs qui ont l'air d'infusions faites avec toutes les nuances d'une boîte d'aquarelle[1].

Ils avaient à peu près le même âge : vingt-cinq à trente ans. L'un était blond et l'autre brun. Ils avaient la demi-élégance des coulissiers[2], des hommes qui vont à la Bourse et dans les salons, qui fréquentent partout, vivent partout, aiment partout. Le brun reprit :

« Je t'ai dit ma liaison, n'est-ce pas, avec cette petite bourgeoise rencontrée sur la plage de Dieppe ?

— Oui.

— Mon cher, tu sais ce que c'est. J'avais une maîtresse à Paris, une que j'aime infiniment, une vieille
amie, une bonne amie, une habitude enfin, et j'y
tiens.

— À ton habitude ?

— Oui, à mon habitude et à elle. Elle est mariée
aussi avec un brave homme, que j'aime beaucoup
également, un bon garçon très cordial, un vrai camarade ! Enfin c'est une maison où j'avais logé ma vie.

— Eh bien ?

— Eh bien ! ils ne peuvent pas quitter Paris,
ceux-là, et je me suis trouvé veuf à Dieppe.

— Pourquoi allais-tu à Dieppe ?

— Pour changer d'air. On ne peut pas rester tout
le temps sur le boulevard.

— Alors ?

— Alors j'ai rencontré sur la plage la petite dont je
t'ai parlé.

— La femme du chef de bureau ?

— Oui. Elle s'ennuyait beaucoup. Son mari, d'ailleurs, ne venait que tous les dimanches, et il est
affreux. Je la comprends joliment. Donc, nous avons
ri et dansé ensemble.

— Et le reste ?

— Oui, plus tard. Enfin, nous nous sommes ren-
contrés, nous nous sommes plu, je le lui ai dit, elle
me l'a fait répéter pour mieux comprendre, et elle
n'y a pas mis d'obstacle.

— L'aimais-tu ?

— Oui, un peu ; elle est très gentille.

— Et l'autre ?

— L'autre était à Paris ! Enfin, pendant six
semaines, ç'a été très bien et nous sommes rentrés

ici dans les meilleurs termes. Est-ce que tu sais rompre avec une femme, toi, quand cette femme n'a pas un tort à ton égard ?

— Oui, très bien.

— Comment fais-tu ?

— Je la lâche.

— Mais comment t'y prends-tu pour la lâcher ?

— Je ne vais plus chez elle.

— Mais si elle vient chez toi ?

— Je... n'y suis pas.

— Et si elle revient ?

— Je lui dis que je suis indisposé.

— Si elle te soigne ?

— Je... je lui fais une crasse.

— Si elle l'accepte ?

— J'écris des lettres anonymes à son mari pour qu'il la surveille les jours où je l'attends.

— Ça c'est grave ! Moi je n'ai pas de résistance. Je ne sais pas rompre. Je les collectionne. Il y en a que je ne vois plus qu'une fois par an, d'autres tous les dix mois, d'autres au moment du terme, d'autres les jours où elles ont envie de dîner au cabaret. Celles que j'ai espacées ne me gênent pas, mais j'ai souvent bien du mal avec les nouvelles pour les distancer un peu.

— Alors...

— Alors, mon cher, la petite ministère était tout feu, tout flamme, sans un tort, comme je te l'ai dit ! Comme son mari passe tous ses jours au bureau, elle se mettait sur le pied d'arriver chez moi à l'improviste. Deux fois elle a failli rencontrer mon habitude.

— Diable !

— Oui. Donc, j'ai donné à chacune ses jours, des jours fixes pour éviter les confusions. Lundi et samedi à l'ancienne. Mardi, jeudi et dimanche à la nouvelle.

— Pourquoi cette préférence ?

— Ah ! mon cher, elle est plus jeune.

— Ça ne te faisait que deux jours de repos par semaine.

— Ça me suffit.

— Mes compliments !

— Or, figure-toi qu'il m'est arrivé l'histoire la plus ridicule du monde et la plus embêtante. Depuis quatre mois tout allait parfaitement ; je dormais sur mes deux oreilles et j'étais vraiment très heureux quand soudain, lundi dernier, tout craque.

» J'attendais mon habitude à l'heure dite, une heure un quart, en fumant un bon cigare.

» Je rêvassais, très satisfait de moi, quand je m'aperçus que l'heure était passée. Je fus surpris car elle est très exacte. Mais je crus à un petit retard accidentel. Cependant une demi-heure se passe, puis une heure, une heure et demie et je compris qu'elle avait été retenue par une cause quelconque, une migraine peut-être ou un importun. C'est très ennuyeux ces choses-là, ces attentes... inutiles, très ennuyeux et très énervant. Enfin, j'en pris mon parti, puis je sortis et, ne sachant que faire, j'allai chez elle.

» Je la trouvai en train de lire un roman.

» "Eh bien ?" lui dis-je.

« Elle répondit tranquillement :

» "Mon cher, je n'ai pas pu, j'ai été empêchée.

» — Par quoi ?

» — Par des... occupations.

» — Mais... quelles occupations ?

» — Une visite très ennuyeuse."

» Je pensai qu'elle ne voulait pas me dire la vraie

raison, et, comme elle était très calme, je ne m'en inquiétai pas davantage. Je comptais rattraper le temps perdu, le lendemain, avec l'autre.

» Le mardi donc, j'étais très... très ému et très amoureux en expectative, de la petite ministère, et même étonné qu'elle ne devançât pas l'heure convenue. Je regardais la pendule à tout moment, suivant l'aiguille avec impatience.

» Je la vis passer le quart, puis la demie, puis deux heures... Je ne tenais plus en place, traversant à grandes enjambées ma chambre, collant mon front à la fenêtre et mon oreille contre la porte pour écouter si elle ne montait pas l'escalier.

» Voici deux heures et demie, puis trois heures ! Je saisis mon chapeau et je cours chez elle. Elle lisait, mon cher, un roman !

» "Eh bien ?" lui dis-je avec anxiété.

» Elle répondit, aussi tranquillement que mon habitude :

» "Mon cher, je n'ai pas pu, j'ai été empêchée.

» — Par quoi ?

» — Par... des occupations.

» — Mais... quelles occupations ?

» — Une visite ennuyeuse."

» Certes, je supposai immédiatement qu'elles savaient tout ; mais elle semblait pourtant si placide, si paisible que je finis par rejeter mon soupçon, par croire à une coïncidence bizarre, ne pouvant imaginer une pareille dissimulation de sa part. Et après une heure de causerie amicale, coupée d'ailleurs par vingt entrées de sa petite fille, je dus m'en aller fort embêté.

» Et figure-toi que le lendemain...

— Ç'a été la même chose ?

— Oui... et le lendemain encore. Et ça a duré ainsi trois semaines, sans une explication, sans que rien me révélât cette conduite bizarre dont cependant je soupçonnais le secret.

— Elles savaient tout ?

— Parbleu. Mais comment ? Ah ! j'en ai eu du tourment avant de l'apprendre.

— Comment l'as-tu su enfin ?

— Par lettres. Elles m'ont donné, le même jour, dans les mêmes termes, mon congé définitif.

— Et ?

— Et voici... Tu sais, mon cher, que les femmes ont toujours sur elles une armée d'épingles. Les épingles à cheveux, je les connais, je m'en méfie, et j'y veille, mais les autres[1] sont bien plus perfides, ces sacrées petites épingles à tête noire qui nous semblent toutes pareilles, à nous grosses bêtes que nous sommes, mais qu'elles distinguent, elles, comme nous distinguons un cheval d'un chien.

» Or, il paraît qu'un jour ma petite ministère avait laissé une de ces machines révélatrices piquée dans ma tenture, près de ma glace.

» Mon habitude, du premier coup, avait aperçu sur l'étoffe ce petit point noir gros comme une puce, et sans rien dire l'avait cueilli, puis avait laissé à la même place une de ses épingles à elle, noire aussi, mais d'un modèle différent.

» Le lendemain, la ministère voulut reprendre son bien, et reconnut aussitôt la substitution ; alors un soupçon lui vint, et elle en mit deux, en les croisant.

» L'habitude répondit à ce signe télégraphique par trois boules noires, l'une sur l'autre.

» Une fois ce commerce commencé, elles continuèrent à communiquer, sans se rien dire, seulement pour s'épier. Puis il paraît que l'habitude, plus hardie, enroula le long de la petite pointe d'acier un mince papier où elle avait écrit : "Poste restante, boulevard Malesherbes, C.D."

» Alors, elles s'écrivirent. J'étais perdu. Tu comprends que ça n'a pas été tout seul entre elles. Elles y allaient avec précaution, avec mille ruses, avec toute la prudence qu'il faut en pareil cas. Mais l'habitude fit un coup d'audace et donna un rendez-vous à l'autre.

» Ce qu'elles se sont dit, je l'ignore ! Je sais seulement que j'ai fait les frais de leur entretien. Et voilà !

— C'est tout ?

— Oui.

— Tu ne les vois plus ?

— Pardon, je les vois encore comme ami ; nous n'avons pas rompu tout à fait.

— Et elles, se sont-elles revues ?

— Oui, mon cher, elles sont devenues intimes.

— Tiens, tiens. Et ça ne te donne pas une idée, ça ?

— Non, quoi ?

— Grand serin, l'idée de leur faire repiquer des épingles doubles ? »

Duchoux

En descendant le grand escalier du cercle chauffé comme une serre par le calorifère, le baron de Mordiane avait laissé ouverte sa fourrure ; aussi, lorsque la grande porte de la rue se fut refermée sur lui, éprouva-t-il un frisson de froid profond, un de ces frissons brusques et pénibles qui rendent triste comme un chagrin. Il avait perdu quelque argent, d'ailleurs, et son estomac, depuis quelque temps, le faisait souffrir, ne lui permettait plus de manger à son gré.

Il allait rentrer chez lui, et soudain la pensée de son grand appartement vide, du valet de pied dormant dans l'antichambre, du cabinet où l'eau tiédie pour la toilette du soir chantait doucement sur le réchaud à gaz, du lit large, antique et solennel comme une couche mortuaire, lui fit entrer jusqu'au fond du cœur, jusqu'au fond de la chair, un autre froid plus douloureux encore que celui de l'air glacé.

Depuis quelques années il sentait s'appesantir sur lui ce poids de la solitude qui écrase quelquefois les vieux garçons. Jadis, il était fort, alerte et gai, donnant tous ses jours au sport et toutes ses nuits aux fêtes. Maintenant, il s'alourdissait et ne prenait plus plaisir à grand-chose. Les exercices le fatiguaient, les soupers et même les dîners lui faisaient mal, les femmes l'ennuyaient autant qu'elles l'avaient autrefois amusé.

La monotonie des soirs pareils, des mêmes amis retrouvés au même lieu, au cercle, de la même partie avec des chances et des déveines balancées, des mêmes propos sur les mêmes choses, du même esprit dans les mêmes bouches, des mêmes plaisanteries sur les mêmes sujets, des mêmes médisances sur les mêmes femmes, l'écœurait au point de lui donner, par moments, de véritables désirs de suicide. Il ne pouvait plus mener cette vie régulière et vide, si banale, si légère et si lourde en même temps, et il désirait quelque chose de tranquille, de reposant, de confortable, sans savoir quoi.

Certes, il ne songeait pas à se marier, car il ne se sentait pas le courage de se condamner à la mélancolie, à la servitude conjugale, à cette odieuse existence de deux êtres, qui, toujours ensemble, se connaissaient jusqu'à ne plus dire un mot qui ne soit prévu par l'autre, à ne plus faire un geste qui ne soit attendu, à ne plus avoir une pensée, un désir, un jugement qui ne soient devinés. Il estimait qu'une personne ne peut être agréable à voir encore que lorsqu'on la connaît peu, lorsqu'il reste en elle du mystère, de l'inexploré, lorsqu'elle demeure un peu inquiétante et voilée. Donc il lui aurait fallu une famille qui n'en fût pas une, où il aurait pu passer une partie seulement de sa vie ; et, de nouveau, le souvenir de son fils le hanta.

Depuis un an, il y songeait sans cesse, sentant croître en lui l'envie irritante de le voir, de le connaître. Il l'avait eu dans sa jeunesse, au milieu de circonstances dramatiques et tendres. L'enfant, envoyé dans le Midi, avait été élevé près de Marseille, sans jamais connaître le nom de son père.

Celui-ci avait payé d'abord les mois de nourrice, puis les mois de collège, puis les mois de fête, puis la dot pour un mariage raisonnable. Un notaire discret avait servi d'intermédiaire sans jamais rien révéler.

Le baron de Mordiane savait donc seulement qu'un enfant de son sang vivait quelque part, aux environs de Marseille, qu'il passait pour intelligent et bien élevé, qu'il avait épousé la fille d'un architecte entrepreneur, dont il avait pris la suite. Il passait aussi pour gagner beaucoup d'argent.

Pourquoi n'irait-il pas voir ce fils inconnu, sans se nommer, pour l'étudier d'abord et s'assurer qu'il pourrait au besoin trouver un refuge agréable dans cette famille ?

Il avait fait grandement les choses, donné une belle dot acceptée avec reconnaissance. Il était donc certain de ne pas se heurter contre un orgueil excessif ; et cette pensée, ce désir, reparus tous les jours, de partir pour le Midi, devenaient en lui irritants comme une démangeaison. Un bizarre attendrissement d'égoïste le sollicitait aussi, à l'idée de cette maison riante et chaude, au bord de la mer, où il trouverait sa belle-fille jeune et jolie, ses petits-enfants aux bras ouverts, et son fils qui lui rappellerait l'aventure charmante et courte des lointaines années. Il regrettait seulement d'avoir donné tant d'argent, et que cet argent eût prospéré entre les mains du jeune homme, ce qui ne lui permettait plus de se présenter en bienfaiteur.

Il allait, songeant à tout cela, la tête enfoncée dans son col de fourrure ; et sa résolution fut prise brus-

quement. Un fiacre passait ; il l'appela, se fit
conduire chez lui : et quand son valet de chambre,
réveillé, eut ouvert la porte :

« Louis, dit-il, nous partons demain soir pour
Marseille. Nous y resterons peut-être une quinzaine
de jours. Vous allez faire tous les préparatifs nécessaires. »

Le train roulait, longeant le Rhône sablonneux,
puis traversait des plaines jaunes, des villages clairs,
un grand pays fermé au loin par des montagnes
nues.

Le baron de Mordiane, réveillé après une nuit en
sleeping, se regardait avec mélancolie dans la petite
glace de son nécessaire. Le jour cru du Midi lui montrait des rides qu'il ne se connaissait pas encore : un
état de décrépitude ignoré dans la demi-ombre des
appartements parisiens.

Il pensait, en examinant le coin des yeux, les pau-
pières fripées, les tempes, le front dégarnis :

« Bigre, je ne suis pas seulement défraîchi. Je suis
avancé. »

Et son désir de repos grandit soudain, avec une
vague envie, née en lui pour la première fois, de tenir
sur ses genoux ses petits-enfants.

Vers une heure de l'après-midi, il arriva, dans un
landau loué à Marseille, devant une de ces maisons
de campagne méridionales si blanches, au bout de
leur avenue de platanes, qu'elles éblouissent et font
baisser les yeux. Il souriait en suivant l'allée et pensait :

« Bigre, c'est gentil ! »

Soudain, un galopin de cinq à six ans apparut, sortant d'un arbuste, et demeura debout au bord du
chemin, regardant le monsieur avec ses yeux ronds.

Mordiane s'approcha :

« Bonjour, mon garçon. »

Le gamin ne répondit pas.

Le baron, alors, s'étant penché, le prit dans ses bras pour l'embrasser, puis, suffoqué par une odeur d'ail dont l'enfant tout entier semblait imprégné, il le remit brusquement à terre en murmurant :

« Oh ! c'est l'enfant du jardinier. »

Et il marcha vers la demeure.

Le linge séchait sur une corde devant la porte, chemises, serviettes, torchons, tabliers et draps, tandis qu'une garniture de chaussettes alignées sur des ficelles superposées emplissait une fenêtre entière, pareille aux étalages de saucisses devant les boutiques de charcutiers.

Le baron appela.

Une servante apparut, vraie servante du Midi, sale et dépeignée[1], dont les cheveux, par mèches, lui tombaient sur la face, dont la jupe, sous l'accumulation des taches qui l'avaient assombrie, gardait de sa couleur ancienne quelque chose de tapageur, un air de foire champêtre et de robe de saltimbanque.

Il demanda :

« M. Duchoux est-il chez lui ? »

Il avait donné jadis, par plaisanterie de viveur sceptique, ce nom à l'enfant perdu[2] afin qu'on n'ignorât point qu'il avait été trouvé sous un chou.

La servante répéta :

« Vous demandez M. Duchouxe ?

— Oui.

— Té, il est dans la salle, qui tire ses plans.

— Dites-lui que M. Merlin demande à lui parler. »

Elle reprit, étonnée :

« Hé ! donc, entrez, si vous voulez le voir. »

Et elle cria :

« Mosieu Duchouxe, une visite ! »

Le baron entra, et, dans une grande salle, assombrie par les volets à moitié clos, il aperçut indistinctement des gens et des choses qui lui parurent malpropres.

Debout devant une table surchargée d'objets de toute sorte, un petit homme chauve[1] traçait des lignes sur un large papier.

Il interrompit son travail et fit deux pas.

Son gilet ouvert, sa culotte déboutonnée, les poignets de sa chemise relevés, indiquaient qu'il avait fort chaud, et il était chaussé de souliers boueux révélant qu'il avait plu quelques jours auparavant.

Il demanda, avec un fort accent méridional :

« À qui ai-je l'honneur ?...

— Monsieur Merlin... Je viens vous consulter pour un achat de terrain à bâtir.

— Ah ! ah ! très bien ! »

Et Duchoux, se tournant vers sa femme, qui tricotait dans l'ombre :

« Débarrasse une chaise, Joséphine. »

Mordiane vit alors une femme jeune, qui semblait déjà vieille, comme on est vieux à vingt-cinq ans en province, faute de soins, de lavages répétés, de tous les petits soucis, de toutes les petites propretés, de toutes les petites attentions de la toilette féminine qui immobilisent la fraîcheur et conservent, jusqu'à près de cinquante ans, le charme et la beauté. Un fichu sur les épaules, les cheveux noués à la diable, de beaux cheveux épais et noirs, mais qu'on devinait peu brossés, elle allongea vers une chaise des mains de bonne et enleva une robe d'enfant, un couteau, un bout de ficelle, un pot à fleurs vide et une assiette grasse demeurés sur le siège, qu'elle tendit ensuite au visiteur.

Il s'assit et s'aperçut alors que la table de travail de Duchoux portait, outre les livres et les papiers, deux salades fraîchement cueillies, une cuvette, une brosse à cheveux, une serviette, un revolver et plusieurs tasses non nettoyées.

L'architecte vit ce regard et dit en souriant :

« Excusez ! il y a un peu de désordre dans le salon ; ça tient aux enfants. »

Et il approcha sa chaise pour causer avec le client.

« Donc, vous cherchez un terrain aux environs de Marseille ? »

Son haleine, bien que venue de loin, apporta au baron ce souffle d'ail qu'exhalent les gens du Midi ainsi que des fleurs leur parfum.

Mordiane demanda :

« C'est votre fils que j'ai rencontré sous les platanes ?

— Oui. Oui, le second.

— Vous en avez deux ?

— Trois, monsieur, un par an. »

Et Duchoux semblait plein d'orgueil.

Le baron pensait : « S'ils fleurent tous le même bouquet, leur chambre doit être une vraie serre. »

Il reprit :

« Oui, je voudrais un joli terrain près de la mer, sur une petite plage déserte... »

Alors Duchoux s'expliqua. Il en avait dix, vingt, cinquante, cent et plus, de terrains dans ces conditions, à tous les prix, pour tous les goûts. Il parlait comme coule une fontaine, souriant, content de lui, remuant sa tête chauve et ronde.

Et Mordiane se rappelait une petite femme

blonde, mince, un peu mélancolique et disant si tendrement : « Mon cher aimé » que le souvenir seul avivait le sang de ses veines. Elle l'avait aimé avec passion, avec folie, pendant trois mois ; puis, devenue enceinte en l'absence de son mari qui était gouverneur d'une colonie, elle s'était sauvée, s'était cachée, éperdue de désespoir et de terreur, jusqu'à la naissance de l'enfant que Mordiane avait emporté, un soir d'été et qu'ils n'avaient jamais revu.

Elle était morte de la poitrine trois ans plus tard, là-bas, dans la colonie de son mari qu'elle était allée rejoindre. Il avait devant lui leur fils, qui disait, en faisant sonner les finales comme des notes de métal :

« Ce terrain-là, monsieur, c'est une occasion unique... »

Et Mordiane se rappelait l'autre voix, légère comme un effleurement de brise, murmurant :

« Mon cher aimé, nous ne nous séparerons jamais... »

Et il se rappelait ce regard bleu, doux, profond, dévoué, en contemplant l'œil rond, bleu aussi, mais vide de ce petit homme ridicule qui ressemblait à sa mère, pourtant...

Oui, il lui ressemblait de plus en plus de seconde en seconde ; il lui ressemblait par l'intonation, par le geste, par toute l'allure ; il lui ressemblait comme un singe ressemble à l'homme ; mais il était d'elle, il avait d'elle mille traits déformés irrécusables, irritants, révoltants. Le baron souffrait, hanté soudain par cette ressemblance horrible, grandissant toujours, exaspérante, affolante, torturante comme un cauchemar, comme un remords !

Il balbutia :

« Quand pourrons-nous voir ensemble ce terrain ?

— Mais, demain, si vous voulez.

— Oui, demain. Quelle heure ?

— Une heure.

— Ça va. »

L'enfant rencontré sous l'avenue apparut dans la porte ouverte et cria :

« Païré ! »

On ne lui répondit pas.

Mordiane était debout avec une envie de se sauver, de courir, qui lui faisait frémir les jambes. Ce « Païré » l'avait frappé comme une balle. C'était à lui qu'il s'adressait, c'était pour lui, ce païré à l'ail, ce païré du Midi.

Oh ! qu'elle sentait bon, l'amie d'autrefois !

Duchoux le reconduisait.

« C'est à vous, cette maison ? dit le baron.

— Oui, monsieur, je l'ai achetée dernièrement. Et j'en suis fier. Je suis enfant du hasard, moi, monsieur, et je ne m'en cache pas ; j'en suis fier. Je ne dois rien à personne, je suis le fils de mes œuvres ; je me dois tout à moi-même. »

L'enfant, resté sur le seuil, criait de nouveau, mais de loin :

« Païré ! »

Mordiane, secoué de frissons, saisi de panique, fuyait comme on fuit devant un grand danger.

« Il va me deviner, me reconnaître, pensait-il. Il va me prendre dans ses bras et me crier aussi : "Païré", en me donnant par le visage un baiser parfumé d'ail. »

« À demain, monsieur.

— À demain, une heure. »

Le landau roulait sur la route blanche.

« Cocher, à la gare ! »

Et il entendait deux voix, une lointaine et douce, la voix affaiblie et triste des morts, qui disait : « Mon cher aimé. » Et l'autre sonore, chantante, effrayante, qui criait : « Païré », comme on crie : « Arrêtez-le », quand un voleur fuit dans les rues.

Le lendemain soir, en entrant au cercle, le comte d'Étreillis lui dit :

« On ne vous a pas vu depuis trois jours. Avez-vous été malade ?

— Oui, un peu souffrant. J'ai des migraines, de temps en temps. »

Le Rendez-vous

Son chapeau sur la tête, son manteau sur le dos, un voile noir sur le nez, un autre dans sa poche dont elle doublerait le premier quand elle serait montée dans le fiacre coupable, elle battait du bout de son ombrelle la pointe de sa bottine et demeurait assise dans sa chambre, ne pouvant se décider à sortir pour aller à ce rendez-vous.

Combien de fois, pourtant, depuis deux ans, elle s'était habillée ainsi, pendant les heures de Bourse de son mari, un agent de change[1] très mondain, pour rejoindre dans son logis de garçon le beau vicomte de Martelet, son amant.

La pendule derrière son dos battait les secondes vivement ; un livre à moitié lu bâillait sur le petit bureau de bois de rose, entre les fenêtres, et un fort parfum de violette, exhalé par deux petits bouquets baignant en deux mignons vases de Saxe sur la cheminée, se mêlait à une vague odeur de verveine soufflée sournoisement par la porte du cabinet de toilette demeurée entrouverte.

L'heure sonna — trois heures — et la mit debout. Elle se retourna pour regarder le cadran, puis sourit, songeant : « Il m'attend déjà. Il va s'énerver. » Alors, elle sortit, prévint le valet de chambre qu'elle serait rentrée dans une heure au plus tard — un mensonge — descendit l'escalier et s'aventura dans la rue, à pied.

On était aux derniers jours de mai, à cette saison délicieuse où le printemps de la campagne semble faire le siège de Paris et le conquérir par-dessus les toits, envahir les maisons, à travers les murs, faire fleurir la ville, y répandre une gaieté sur la pierre des façades, l'asphalte des trottoirs et le pavé des chaussées, la baigner, la griser de sève comme un bois qui verdit.

Mme Haggan fit quelques pas à droite avec l'intention de suivre, comme toujours, la rue de Provence où elle hélerait un fiacre, mais la douceur de l'air, cette émotion de l'été qui nous entre dans la gorge en certains jours, la pénétra si brusquement, que, changeant d'idée, elle prit la rue de la Chaussée-d'Antin, sans savoir pourquoi, obscurément attirée par le désir de voir des arbres dans le square de la Trinité. Elle pensait : « Bah ! il m'attendra dix minutes de plus. » Cette idée, de nouveau, la réjouissait, et, tout en marchant à petits pas, dans la foule, elle croyait le voir s'impatienter, regarder l'heure, ouvrir la fenêtre, écouter à la porte, s'asseoir quelques instants, se relever, et, n'osant pas fumer, car elle le lui avait défendu les jours de rendez-vous, jeter sur la boîte aux cigarettes des regards désespérés.

Elle allait doucement, distraite par tout ce qu'elle rencontrait, par les figures et les boutiques, ralentissant le pas de plus en plus et si peu désireuse d'arriver qu'elle cherchait, aux devantures, des prétextes pour s'arrêter.

Au bout de la rue, devant l'église, la verdure du petit square l'attira si fortement qu'elle traversa la place, entra dans le jardin, cette cage à enfants, et fit deux fois le tour de l'étroit gazon, au milieu des nounous enrubannées, épanouies, bariolées, fleuries. Puis elle prit une chaise, s'assit, et levant les yeux vers le cadran rond comme une lune dans le clocher, elle regarda marcher l'aiguille.

Juste à ce moment la demie sonna, et son cœur tressaillit d'aise en entendant tinter les cloches du carillon. Une demi-heure de gagnée, plus un quart d'heure pour atteindre la rue de Miromesnil, et quelques minutes encore de flânerie, — une heure ! une heure volée au rendez-vous ! Elle y resterait quarante minutes à peine, et ce serait fini encore une fois.

Dieu ! comme ça l'ennuyait d'aller là-bas ! Ainsi qu'un patient montant chez le dentiste, elle portait en son cœur le souvenir intolérable de tous les rendez-vous passés, un par semaine en moyenne depuis deux ans, et la pensée qu'un autre allait avoir lieu, tout à l'heure, la crispait d'angoisse de la tête aux pieds. Non pas que ce fût bien douloureux, douloureux comme une visite au dentiste, mais c'était si ennuyeux, si ennuyeux, si compliqué, si long, si pénible que tout, tout, même une opération, lui aurait paru préférable. Elle y allait pourtant, très lentement, à tout petits pas, en s'arrêtant, en s'asseyant, en flânant partout, mais elle y allait. Oh ! elle aurait bien voulu manquer encore celui-là, mais elle avait fait poser ce pauvre vicomte, deux fois de suite le mois dernier, et elle n'osait point recommencer si tôt. Pourquoi y retournait-elle ? Ah ! pourquoi ? Parce qu'elle en avait pris l'habitude, et qu'elle n'avait aucune raison à donner à ce malheureux Martelet quand il voudrait connaître ce pourquoi ! Pourquoi avait-elle commencé ? Pourquoi ? Elle ne le savait plus ! L'avait-elle aimé ? C'était possible ! Pas bien fort, mais un peu, voilà si longtemps ! Il était bien, recherché, élégant, galant, et représentait strictement, au premier coup d'œil, l'amant parfait d'une femme du monde. La cour avait duré trois mois — temps normal, lutte honorable, résistance suffisante —, puis elle avait consenti, avec quelle émotion, quelle crispation, quelle peur horrible et charmante à ce premier rendez-vous, suivi de tant d'autres, dans ce petit entresol de garçon, rue de Miromesnil. Son cœur ? Qu'éprouvait alors son petit cœur de femme séduite, vaincue, conquise, en passant pour la première fois la porte de cette maison de cauchemar ? Vrai, elle ne le savait plus ! Elle l'avait oublié ! On se souvient d'un fait, d'une date, d'une chose, mais on ne se souvient guère, deux ans plus tard, d'une émotion qui s'est envolée très vite, parce qu'elle était très légère. Oh ! par exemple, elle n'avait pas oublié les autres, ce chapelet de rendez-vous, ce chemin de la croix de l'amour, aux stations si fatigantes, si monotones, si pareilles, que la nausée lui montait aux lèvres en prévision de ce que ce serait tout à l'heure.

Dieu ! ces fiacres qu'il fallait appeler pour aller là, ils ne ressemblaient pas aux autres fiacres, dont on se sert pour les courses ordinaires ! Certes, les cochers devinaient. Elle le sentait rien qu'à la façon dont ils la regardaient, et ces yeux des cochers de Paris sont terribles ! Quand on songe qu'à tout moment, devant le tribunal, ils reconnaissent, au bout de plusieurs années, des criminels qu'ils ont conduits une seule fois, en pleine nuit, d'une rue quelconque à une gare, et qu'ils ont affaire à presque autant de voyageurs qu'il y a d'heures dans la journée, et que leur mémoire est assez sûre pour qu'ils affirment : « Voilà bien l'homme que j'ai chargé rue des Martyrs, et déposé gare de Lyon, à minuit quarante, le 10 juillet de l'an dernier ! » n'y a-t-il pas de quoi frémir, lorsqu'on risque ce que risque une jeune femme allant à un rendez-vous, en confiant sa réputation au premier venu de ces cochers ! Depuis deux ans elle en avait employé, pour ce voyage de la rue de Miromesnil, au moins cent à cent vingt, en comptant un par semaine. C'étaient autant de témoins qui pouvaient déposer contre elle dans un moment critique.

Aussitôt dans le fiacre, elle tirait de sa poche l'autre voile épais et noir comme un loup, et se l'appliquait sur les yeux. Cela cachait le visage, oui, mais le reste, la robe, le chapeau, l'ombrelle, ne pouvait-on pas les remarquer, les avoir vus déjà ? Oh ! dans cette rue de Miromesnil, quel supplice ! Elle croyait reconnaître tous les passants, tous les domestiques, tout le monde. À peine la voiture arrêtée, elle sautait et passait en courant devant le concierge toujours debout sur le seuil de sa loge. En voilà un qui devait tout savoir, tout, — son adresse, — son nom, — la profession de son mari, — tout, — car ces concierges sont les plus subtils des policiers ! Depuis deux ans elle voulait l'acheter, lui donner, lui jeter, un jour ou l'autre, un billet de cent francs en passant devant lui. Pas une fois elle n'avait osé faire ce petit mouvement de lui lancer aux pieds ce bout de papier roulé ! Elle avait peur — de quoi ? — Elle ne savait pas ! — D'être rappelée, s'il ne comprenait point ? D'un scandale ? d'un rassemblement dans l'escalier ? d'une arrestation peut-être ? Pour arriver à la porte du vicomte, il n'y avait guère qu'un demi-étage à monter, et il lui paraissait haut comme la tour Saint-Jacques ! À peine engagée dans le vestibule, elle se sentait prise dans une trappe, et le moindre bruit, devant ou derrière elle, lui donnait une suffocation. Impossible de reculer, avec ce concierge et la rue qui lui fermaient la retraite ; et si quelqu'un descendait juste à ce moment, elle n'osait pas sonner chez Martelet et passait devant la porte comme si elle allait ailleurs ! Elle montait, montait, montait ! Elle aurait monté quarante étages ! Puis, quand tout semblait redevenu tranquille dans la cage de l'escalier, elle redescendait en courant avec l'angoisse dans l'âme de ne pas reconnaître l'entresol !

Il était là, attendant dans un costume galant en velours doublé de soie, très coquet, mais un peu ridicule, et depuis deux ans, il n'avait rien changé à sa manière de l'accueillir, mais rien, pas un geste !

Dès qu'il avait refermé la porte, il lui disait : « Laissez-moi baiser vos mains, ma chère, chère amie ! » Puis il la suivait dans la chambre, où volets clos et lumières allumées, hiver comme été, par chic sans doute, il s'agenouillait devant elle en la regardant de bas en haut avec un air d'adoration. Le premier jour ça avait été très gentil, très réussi, ce mouvement-là ! Maintenant elle croyait voir M. Delaunay[1] jouant pour la cent vingtième fois le cinquième acte d'une pièce à succès. Il fallait changer ses effets.

Et puis après, oh ! mon Dieu ! après ! c'était le plus dur ! Non, il ne changeait pas ses effets, le pauvre garçon ! Quel bon garçon, mais banal !...

Dieu que c'était difficile de se déshabiller sans femme de chambre ! Pour une fois, passe encore, mais toutes les semaines cela devenait odieux ! Non, vrai, un homme ne devrait pas exiger d'une femme une pareille corvée ! Mais s'il était difficile de se déshabiller, se rhabiller devenait presque impossible et énervant à crier, exaspérant à gifler le monsieur qui disait, tournant autour d'elle d'un air gauche : « Voulez-vous que je vous aide ? » — L'aider ! Ah oui ! à quoi ? De quoi était-il capable ? Il suffisait de lui voir une épingle entre les doigts pour le savoir.

C'est à ce moment-là peut-être qu'elle avait commencé à le prendre en grippe. Quand il disait : « Voulez-vous que je vous aide ? » elle l'aurait tué. Et puis était-il possible qu'une femme ne finît point par détester un homme qui, depuis deux ans, l'avait forcée plus de cent vingt fois à se rhabiller sans femme de chambre ?

Certes, il n'y avait pas beaucoup d'hommes aussi maladroits que lui, aussi peu dégourdis, aussi monotones. Ce n'était pas le petit baron de Grimbal qui aurait demandé de cet air niais : « Voulez-vous que je vous aide ? » Il aurait aidé, lui, si vif, si drôle, si spirituel. Voilà ! C'était un diplomate ; il avait couru le monde, rôdé partout, déshabillé et rhabillé sans doute des femmes vêtues suivant toutes les modes de la terre, celui-là !...

L'horloge de l'église sonna les trois quarts. Elle se dressa, regarda le cadran, se mit à rire en murmurant : « Oh ! doit-il être agité ! » puis elle partit d'une marche plus vive, et sortit du square.

Elle n'avait point fait dix pas sur la place quand elle se trouva nez à nez avec un monsieur qui la salua profondément.

« Tiens, vous, baron ? » dit-elle surprise. Elle venait justement de penser à lui.

« Oui, madame. »

Et il s'informa de sa santé, puis, après quelques vagues propos, il reprit :

« Vous savez que vous êtes la seule — vous permettez que je dise de mes amies, n'est-ce pas ? — qui ne soit point encore venue visiter mes collections japonaises.

— Mais, mon cher baron, une femme ne peut aller ainsi chez un garçon ?

— Comment ! comment ! en voilà une erreur quand il s'agit de visiter une collection rare !

— En tout cas, elle ne peut y aller seule.

— Et pourquoi pas ? mais j'en ai reçu des multitudes de femmes seules, rien que pour ma galerie ! J'en reçois tous les jours. Voulez-vous que je vous les nomme ? — non — je ne le ferai point. Il faut être discret même pour ce qui n'est pas coupable. En principe, il n'est inconvenant d'entrer chez un homme sérieux, connu, dans une certaine situation, que lorsqu'on y va pour une cause inavouable !

— Au fond, c'est assez juste ce que vous dites là.

— Alors, vous venez voir ma collection.

— Quand ?

— Mais tout de suite.

— Impossible, je suis pressée.

— Allons donc. Voilà une demi-heure que vous êtes assise dans le square.

— Vous m'espionniez ?

— Je vous regardais.

— Vrai, je suis pressée.

— Je suis sûr que non. Avouez que vous n'êtes pas très pressée. »

Mme Haggan se mit à rire, et avoua :

« Non... non... pas... très... »

Un fiacre passait à les toucher. Le petit baron
cria : « Cocher ! » et la voiture s'arrêta. Puis, ouvrant
la portière :

« Montez, madame.

— Mais, baron, non, c'est impossible, je ne peux
pas aujourd'hui.

— Madame, ce que vous faites est imprudent,
montez ! On commence à nous regarder, vous allez
former un attroupement ; on va croire que je vous
enlève et nous arrêter tous les deux, montez, je vous
en prie ! »

Elle monta, effarée, abasourdie. Alors il s'assit
auprès d'elle en disant au cocher : « rue de Provence. »

Mais soudain elle s'écria :

« Oh ! mon Dieu, j'oubliais une dépêche très pressée, voulez-vous me conduire, d'abord, au premier
bureau télégraphique ? »

Le fiacre s'arrêta un peu plus loin, rue de Château-
dun, et elle dit au baron :

« Pouvez-vous me prendre une carte de cinquante
centimes ? J'ai promis à mon mari d'inviter Martelet
à dîner pour demain, et j'ai oublié complètement. »

Quand le baron fut revenu, sa carte bleue à la
main, elle écrivit au crayon :

*« Mon cher ami, je suis très souffrante ; j'ai une
névralgie atroce qui me tient au lit. Impossible sortir.
Venez dîner demain soir pour que je me fasse pardonner.*

« JEANNE. »

Elle mouilla la colle, ferma soigneusement, mit l'adresse : « Vicomte de Martelet, 240, rue de Miro-mesnil », puis, rendant la carte au baron :

« Maintenant, voulez-vous avoir la complaisance de jeter ceci dans la boîte aux télégrammes ? »

Le Port

Sorti du Havre le 3 mai 1882, pour un voyage dans les mers de Chine, le trois-mâts carré *Notre-Dame-des-Vents* rentra au port de Marseille le 8 août 1886, après quatre ans de voyages. Son premier chargement déposé dans le port chinois où il se rendait, il avait trouvé sur-le-champ un fret nouveau pour Buenos-Aires, et, de là, avait pris des marchandises pour le Brésil[1].

D'autres traversées, encore des avaries, des réparations, les calmes de plusieurs mois, les coups de vent qui jettent hors la route, tous les accidents, aventures et mésaventures de mer, enfin, avaient tenu loin de sa patrie ce trois-mâts normand qui revenait à Marseille le ventre plein de boîtes de fer-blanc contenant des conserves d'Amérique.

Au départ il avait à bord, outre le capitaine et le second, quatorze matelots, huit normands et six bretons. Au retour il ne lui restait plus que cinq bretons et quatre normands, le breton était mort en route, les quatre normands disparus en des circonstances diverses avaient été remplacés par deux américains, un nègre et un norvégien racolé, un soir, dans un cabaret de Singapour.

Le gros bateau, les voiles carguées, vergues en croix sur sa mâture, traîné par un remorqueur marseillais qui haletait devant lui, roulant sur un reste de houle que le calme survenu laissait mourir tout doucement, passa devant le château d'If, puis sous tous les rochers gris de la rade que le soleil couchant couvrait d'une buée d'or, et il entra dans le vieux port où sont entassés, flanc contre flanc, le long des quais, tous les navires du monde, pêle-mêle, grands et petits, de toute forme et de tout gréement, trempant comme une bouillabaisse de bateaux en ce bassin trop restreint, plein d'eau putride où les coques se frôlent, se frottent, semblent marinées dans un jus de flotte.

Notre-Dame-des-Vents prit sa place, entre un brick italien et une goélette anglaise qui s'écartèrent pour laisser passer ce camarade ; puis, quand toutes les formalités de la douane et du port eurent été remplies, le capitaine autorisa les deux tiers de son équipage à passer la soirée dehors.

La nuit était venue. Marseille s'éclairait. Dans la chaleur de ce soir d'été, un fumet de cuisine à l'ail flottait sur la cité bruyante, pleine de voix, de roulements, de claquements, de gaieté méridionale[1].

Dès qu'ils se sentirent sur le port, les dix hommes que la mer roulait depuis des mois se mirent en marche tout doucement, avec une hésitation d'êtres dépaysés, désaccoutumés des villes, deux par deux, en procession.

Ils se balançaient, s'orientaient, flairant les ruelles qui aboutissent au port, enfiévrés par un appétit d'amour qui avait grandi dans leurs corps pendant leurs derniers soixante-six jours de mer. Les normands marchaient en tête, conduits par Célestin Duclos, un grand gars fort et malin qui servait de capitaine aux autres chaque fois qu'ils mettaient pied à terre. Il devinait les bons endroits, inventait des tours de sa façon et ne s'aventurait pas trop dans les bagarres si fréquentes entre matelots dans les ports. Mais quand il y était pris il ne redoutait personne.

Après quelque hésitation entre toutes les rues obscures qui descendent vers la mer comme des égouts et dont sortent des odeurs lourdes, une sorte d'haleine de bouges, Célestin se décida pour une espèce de couloir tortueux où brillaient, au-dessus des portes, des lanternes en saillie portant des numéros énormes sur leurs verres dépolis et colorés. Sous la voûte étroite des entrées, des femmes en tablier, pareilles à des bonnes, assises sur des chaises de paille, se levaient en les voyant venir, faisant trois pas jusqu'au ruisseau qui séparait la rue en deux et coupaient la route à cette file d'hommes qui s'avançaient lentement, en chantonnant et en ricanant, allumés déjà par le voisinage de ces prisons de prostituées.

Quelquefois, au fond d'un vestibule, apparaissait, derrière une seconde porte ouverte soudain et capitonnée de cuir brun, une grosse fille dévêtue, dont les cuisses lourdes et les mollets gras se dessinaient brusquement sous un grossier maillot de coton blanc. Sa jupe courte avait l'air d'une ceinture bouffante ; et la chair molle de sa poitrine, de ses épaules et de ses bras, faisait une tache rose sur un corsage de velours noir bordé d'un galon d'or. Elle appelait

de loin : « Venez-vous, jolis garçons ? » et parfois
sortait elle-même pour s'accrocher à l'un d'eux et
l'attirer vers sa porte, de toute sa force, cramponnée
à lui comme une araignée qui traîne une bête plus
grosse qu'elle. L'homme, soulevé par ce contact,
résistait mollement, et les autres s'arrêtaient pour
regarder, hésitants entre l'envie d'entrer tout de suite
et celle de prolonger encore cette promenade appé-
tissante. Puis, quand la femme après des efforts
acharnés avait attiré le matelot jusqu'au seuil de son
logis, où toute la bande allait s'engouffrer derrière
lui, Célestin Duclos, qui s'y connaissait en maisons,
criait soudain : « Entre pas là, Marchand, c'est pas
l'endroit. »

L'homme alors, obéissant à cette voix, se déga-
geait d'une secousse brutale et les amis se refor-
maient en bande, poursuivis par les injures
immondes de la fille exaspérée, tandis que d'autres
femmes, tout le long de la ruelle, devant eux, sortaient de leurs portes, attirées par le bruit, et lan-
çaient avec des voix enrouées des appels pleins de
promesses. Ils allaient donc de plus en plus allumés,
entre les cajoleries et les séductions annoncées par le
chœur des portières d'amour de tout le haut de la
rue, et les malédictions ignobles lancées contre eux
par le chœur d'en bas, par le chœur méprisé des
filles désappointées. De temps en temps ils ren-
contraient une autre bande, des soldats qui marchaient avec un battement de fer sur la jambe, des
matelots encore, des bourgeois isolés, des employés
de commerce. Partout s'ouvraient de nouvelles rues
étroites, étoilées de fanaux louches. Ils allaient toujours dans ce labyrinthe de bouges, sur ces pavés
gras où suintaient des eaux putrides, entre ces murs
pleins de chair de femme.

Enfin Duclos se décida et s'arrêtant devant une maison d'assez belle apparence, il y fit entrer tout son monde.

II

La fête fut complète ! Quatre heures durant, les dix matelots se gorgèrent d'amour et de vin. Six mois de solde y passèrent.

Dans la grande salle du café, ils étaient installés en maîtres, regardant d'un œil malveillant les habitués ordinaires qui s'installaient aux petites tables, dans les coins, où une des filles demeurées libres, vêtue en gros baby ou en chanteuse de café-concert[1], courait les servir, puis s'asseyait près d'eux.

Chaque homme, en arrivant, avait choisi sa compagne qu'il garda toute la soirée, car le populaire n'est pas changeant. On avait rapproché trois tables et, après la première rasade, la procession dédoublée, accrue d'autant de femmes qu'il y avait de mathurins[2], s'était reformée dans l'escalier. Sur les marches de bois, les quatre pieds de chaque couple sonnèrent longtemps, pendant que s'engouffrait, dans la porte étroite qui menait aux chambres, ce long défilé d'amoureux.

Puis on redescendit pour boire, puis on remonta de nouveau, puis on redescendit encore.

Maintenant, presque gris, ils gueulaient ! Chacun d'eux, les yeux rouges, sa préférée sur les genoux, chantait ou criait, tapait à coups de poing la table, s'entonnait du vin dans la gorge, lâchait en liberté la brute humaine. Au milieu d'eux, Célestin Duclos, serrant contre lui une grande fille aux joues rouges, à cheval sur ses jambes, la regardait avec ardeur. Moins ivre que les autres, non qu'il eût moins bu, il avait encore d'autres pensées, et, plus tendre, cherchait à causer. Ses idées le fuyaient un peu, s'en allaient, revenaient et disparaissaient sans qu'il pût se souvenir au juste de ce qu'il avait voulu dire.

Il riait, répétant :

« Pour lors, pour lors... v'là longtemps que t'es ici ?

— Six mois », répondit la fille.

Il eut l'air content pour elle, comme si c'eût été une preuve de bonne conduite, et il reprit :

« Aimes-tu c'te vie là ? »

Elle hésita, puis résignée :

« On s'y fait. C'est pas plus embêtant qu'autre chose. Être servante ou bien rouleuse, c'est toujours des sales métiers. »

Il eut l'air d'approuver encore cette vérité.

« T'es pas d'ici ? » dit-il.

Elle fit « Non » de la tête, sans répondre.

« T'es de loin ? »

Elle fit « Oui » de la même façon.

« D'où ça ? »

Elle parut chercher, rassembler des souvenirs, puis murmura :

« De Perpignan. »

Il fut de nouveau très satisfait et dit :

« Ah oui ! »

À son tour elle demanda :

« Toi, t'es marin ?

— Oui, ma belle.

— Tu viens de loin ?

— Ah oui ! J'en ai vu des pays, des ports et de tout.

— T'as fait le tour du monde, peut-être ?

— Je te crois, plutôt deux fois qu'une. »

De nouveau elle parut hésiter, chercher en sa tête une chose oubliée, puis, d'une voix un peu différente, plus sérieuse :

« T'as rencontré beaucoup de navires dans tes voyages ?

— Je te crois, ma belle.

— T'aurais pas vu *Notre-Dame-des-Vents*, par hasard ? »

Il ricana :

« Pas plus tard que l'autre semaine. »

Elle pâlit, tout le sang quittant ses joues, et demanda :

« Vrai, bien vrai ?

— Vrai, comme je te parle.

— Tu mens pas, au moins ? »

Il leva la main.

« D'vant l'bon Dieu ! dit-il.

— Alors, sais-tu si Célestin Duclos est toujours dessus ? »

Il fut surpris, inquiet, voulut, avant de répondre, en savoir davantage.

« Tu l'connais ? »

À son tour, elle devint méfiante.

« Oh, pas moi ! c'est une femme qui l'connaît !

— Une femme d'ici ?

— Non, d'à côté.

— Dans la rue ?

— Non, dans l'autre.

— Qué femme ?

— Mais, une femme donc, une femme comme moi.

— Qué qué l'y veut, c'te femme ?

— Je sais t'y mé, quéque payse ! »

Ils se regardèrent au fond des yeux, pour s'épier, sentant, devinant que quelque chose de grave allait surgir entre eux.

Il reprit.

« Je peux t'y la voir, c'te femme ?

— Quoi que tu l'y dirais ?

— J'y dirais... j'y dirais... que j'ai vu Célestin Duclos.

— Il se portait ben, au moins ?

— Comme toi et moi, c'est un gars. »

Elle se tut encore rassemblant ses idées, puis, avec lenteur :

« Oùsqu'elle allait, *Notre-Dame-des-Vents* ?

— Mais, à Marseille, donc. »

Elle ne put réprimer un sursaut.

« Ben vrai ?

— Ben vrai !

— Tu l'connais Duclos ?

— Oui je l'connais. »

Elle hésita encore, puis tout doucement :

« Ben. C'est ben !

— Qué que tu l'y veux ?

— Écoute, tu y diras... non rien ! »

Il la regardait toujours de plus en plus gêné. Enfin il voulut savoir.

« Tu l'connais itou, té ?

— Non, dit-elle.

— Alors qué que tu l'y veux ? »

Elle prit brusquement une résolution, se leva, courut au comptoir où trônait la patronne, saisit un citron qu'elle ouvrit et dont elle fit couler le jus dans un verre, puis elle emplit d'eau pure ce verre, et, le rapportant :

« Bois ça !

— Pourquoi ?

— Pour faire passer le vin. Je te parlerai d'ensuite. »

Il but docilement, essuya ses lèvres d'un revers de main, puis annonça :

« Ça y est, je t'écoute.

— Tu vas me promettre de ne pas l'y conter que tu m'as vue, ni de qui tu sais ce que je te dirai. Faut jurer. »

Il leva la main, sournois.

« Ça, je le jure.

— Su l'bon Dieu ?

— Su l'bon Dieu.

— Eh ben, tu l'y diras que son père est mort, que sa mère est morte, que son frère est mort, tous trois en un mois, de fièvre typhoïde, en janvier 1883, v'là trois ans et demi. »

À son tour, il sentit que tout son sang lui remuait dans le corps, et il demeura pendant quelques instants tellement saisi qu'il ne trouvait rien à répondre ; puis il douta et demanda :

« T'es sûre ?

— Je suis sûre.

— Qué qui te l'a dit ? »

Elle posa les mains sur ses épaules, et le regardant au fond des yeux :

« Tu jures de ne pas bavarder.

— Je le jure.

— Je suis sa sœur ! »

Il jeta ce nom, malgré lui :

« Françoise ? »

Elle le contempla de nouveau fixement, puis, soulevée par une épouvante folle, par une horreur profonde, elle murmura tout bas, presque dans sa bouche :

« Oh ! oh ! c'est toi, Célestin ? »

Ils ne bougèrent plus, les yeux dans les yeux.

Autour d'eux, les camarades hurlaient toujours. Le bruit des verres, des poings, des talons scandant les refrains et les cris aigus des femmes se mêlaient au vacarme des chants.

Il la sentait sur lui, enlacée à lui, chaude et terrifiée, sa sœur ! Alors, tout bas, de peur que quelqu'un l'écoutât, si bas qu'elle-même l'entendit à peine :

« Malheur ! j'avons[1] fait de la belle besogne ! »

Elle eut, en une seconde, les yeux pleins de larmes et balbutia :

« C'est-il de ma faute ? »

Mais lui soudain :

« Alors ils sont morts ?

— Ils sont morts.

— Le pé, la mé, et le fré ?

— Les trois en un mois, comme je t'ai dit. J'ai resté seule, sans rien que mes hardes, vu que je devions le pharmacien, l'médecin et l'enterrement des trois défunts, que j'ai payé avec les meubles.

« J'entrai pour lors comme servante chez maît' Cacheux, tu sais bien, l'boiteux. J'avais quinze ans tout juste à çu moment-là pisque t'es parti quand j'en avais point quatorze. J'ai fait une faute avec li. On est si bête quand on est jeune. Pi j'allai comme bonne du notaire, qui m'a aussi débauchée et qui me conduisit au Havre dans une chambre. Bientôt il n'est point r'venu ; j'ai passé trois jours sans manger et pi ne trouvant pas d'ouvrage, je suis entrée en maison, comme bien d'autres. J'en ai vu aussi du pays, moi ! ah ! et du sale pays ! Rouen, Évreux,

Lille, Bordeaux, Perpignan, Nice, et pi Marseille, où me v'là ! »

Les larmes lui sortaient des yeux et du nez, mouillaient ses joues, coulaient dans sa bouche.

Elle reprit :

« Je te croyais mort aussi, té ! mon pauv'e Célestin. »

Il dit :

« Je t'aurais point r'connue, mé, t'étais si p'tite alors, et te v'là si forte ! mais comment que tu ne m'as point reconnu, té ? »

Elle eut un geste désespéré.

« Je vois tant d'hommes qu'ils me semblent tous pareils. »

Il la regardait toujours au fond des yeux, étreint par une émotion confuse et si forte qu'il avait envie de crier comme un petit enfant qu'on bat. Il la tenait encore dans ses bras, à cheval sur lui, les mains ouvertes dans le dos de la fille, et voilà qu'à force de la regarder il la reconnut enfin, la petite sœur laissée au pays avec tous ceux qu'elle avait vus mourir, elle, pendant qu'il roulait sur les mers. Alors prenant soudain dans ses grosses pattes de marin cette tête retrouvée, il se mit à l'embrasser comme on embrasse de la chair fraternelle. Puis des sanglots d'homme, longs comme des vagues montèrent dans sa gorge pareils à des hoquets d'ivresse.

Il balbutiait :

« Te v'là, te r'voilà, Françoise, ma p'tite Françoise... »

Puis tout à coup il se leva, se mit à jurer d'une voix formidable en tapant sur la table un tel coup de poing que les verres culbutés se brisèrent. Puis il fit trois pas, chancela, étendit les bras, tomba sur la face. Et il se roulait par terre en criant, en battant le sol de ses quatre membres, et en poussant de tels gémissements qu'ils semblaient des râles d'agonie.

Tous ses camarades le regardaient en riant.

« Il est rien soûl, dit l'un.

— Faut le coucher, dit un autre, s'il sort on va le fiche au bloc. »

Alors comme il avait de l'argent dans ses poches, la patronne offrit un lit, et les camarades, ivres eux-mêmes à ne pas tenir debout, le hissèrent par l'étroit escalier jusqu'à la chambre de la femme qui l'avait reçu tout à l'heure, et qui demeura sur une chaise, au pied de la couche criminelle, en pleurant autant que lui, jusqu'au matin.

La Morte

Je l'avais aimée éperdument ! Pourquoi aime-t-on ? Est-ce bizarre de ne plus voir dans le monde qu'un être, de n'avoir plus dans l'esprit qu'une pensée, dans le cœur qu'un désir, et dans la bouche qu'un nom : un nom qui monte incessamment, qui monte, comme l'eau d'une source, des profondeurs de l'âme, qui monte aux lèvres, et qu'on dit, qu'on redit, qu'on murmure sans cesse, partout, ainsi qu'une prière.

Je ne conterai point notre histoire. L'amour n'en a qu'une, toujours la même. Je l'avais rencontrée et aimée. Voilà tout. Et j'avais vécu pendant un an dans sa tendresse, dans ses bras, dans sa caresse, dans son regard, dans ses robes, dans sa parole, enveloppé, lié, emprisonné dans tout ce qui venait d'elle, d'une façon si complète que je ne savais plus s'il faisait jour ou nuit, si j'étais mort ou vivant, sur la vieille terre ou ailleurs.

Et voilà qu'elle mourut. Comment ? Je ne sais pas, je ne sais plus.

Elle rentra mouillée, un soir de pluie, et le lendemain, elle toussait. Elle toussa pendant une semaine environ et prit le lit.

Que s'est-il passé ? Je ne sais plus.

Des médecins venaient, écrivaient, s'en allaient. On apportait des remèdes ; une femme les lui faisait boire. Ses mains étaient chaudes, son front brûlant et humide, son regard brillant et triste. Je lui parlais, elle me répondait. Que nous sommes-nous dit ? Je ne sais plus. J'ai tout oublié, tout, tout ! Elle mourut, je me rappelle très bien son petit soupir, son petit soupir si faible, le dernier. La garde dit : « Ah ! » Je compris, je compris !

Je n'ai plus rien su. Rien. Je vis un prêtre qui prononça ce mot : « Votre maîtresse. » Il me sembla qu'il l'insultait. Puisqu'elle était morte on n'avait plus le droit de savoir cela. Je le chassai. Un autre vint qui fut très bon, très doux. Je pleurai quand il me parla d'elle[1].

On me consulta sur mille choses pour l'enterrement. Je ne sais plus. Je me rappelle cependant très bien le cercueil, le bruit des coups de marteau quand on la cloua dedans. Ah ! mon Dieu !

Elle fut enterrée ! enterrée ! Elle ! dans ce trou ! Quelques personnes étaient venues, des amies. Je me sauvai. Je courus. Je marchai longtemps à travers des rues. Puis je rentrai chez moi. Le lendemain je partis pour un voyage.

Hier, je suis rentré à Paris.

Quand je revis ma chambre, notre chambre, notre lit, nos meubles, toute cette maison où était resté tout ce qui reste de la vie d'un être après sa mort, je fus saisi par un retour de chagrin si violent que je faillis ouvrir la fenêtre et me jeter dans la rue. Ne pouvant plus demeurer au milieu de ces choses, de ces murs qui l'avaient enfermée, abritée, et qui devaient garder dans leurs imperceptibles fissures mille atomes d'elle, de sa chair et de son souffle[1], je pris mon chapeau, afin de me sauver. Tout à coup, au moment d'atteindre la porte, je passai devant la grande glace du vestibule qu'elle avait fait poser là pour se voir, des pieds à la tête, chaque jour, en sortant, pour voir si toute sa toilette allait bien, était correcte et jolie, des bottines à la coiffure.

Et je m'arrêtai net en face de ce miroir qui l'avait si souvent reflétée. Si souvent, si souvent, qu'il avait dû garder aussi son image.

J'étais là debout, frémissant, les yeux fixés sur le verre, sur le verre plat, profond, vide, mais qui l'avait contenue tout entière, possédée autant que moi, autant que mon regard passionné. Il me sembla que j'aimais cette glace, — je la touchai, — elle était froide ! Oh ! le souvenir ! le souvenir ! miroir douloureux, miroir brûlant, miroir vivant, miroir horrible, qui fait souffrir toutes les tortures ! Heureux les hommes dont le cœur, comme une glace où glissent et s'effacent les reflets, oublie tout ce qu'il a contenu, tout ce qui a passé devant lui, tout ce qui s'est contemplé, miré, dans son affection, dans son amour ! Comme je souffre !

Je sortis et, malgré moi, sans savoir, sans le vouloir, j'allai vers le cimetière[2]. Je trouvai sa tombe toute simple, une croix de marbre, avec ces quelques mots : « Elle aima, fut aimée, et mourut. »

Elle était là, là-dessous, pourrie ! Quelle horreur ! Je sanglotais, le front sur le sol.

J'y restai longtemps, longtemps. Puis je m'aperçus que le soir venait. Alors un désir bizarre, fou, un désir d'amant désespéré s'empara de moi. Je voulus passer la nuit près d'elle, dernière nuit, à pleurer sur

sa tombe. Mais on me verrait, on me chasserait.
Comment faire ? Je fus rusé. Je me levai et me mis à
errer dans cette ville des disparus. J'allais, j'allais.
Comme elle est petite cette ville à côté de l'autre,
celle où l'on vit ! Et pourtant comme ils sont plus
nombreux que les vivants, ces morts. Il nous faut de
hautes maisons, des rues, tant de place, pour les
quatre générations qui regardent le jour en même
temps, boivent l'eau des sources, le vin des vignes et
mangent le pain des plaines.

Et pour toutes les générations des morts, pour
toute l'échelle de l'humanité descendue jusqu'à nous,
presque rien, un champ, presque rien ! La terre les
reprend, l'oubli les efface. Adieu !

Au bout du cimetière habité, j'aperçus tout à coup
le cimetière abandonné, celui où les vieux défunts
achèvent de se mêler au sol, où les croix elles-mêmes
pourrissent, où l'on mettra demain les derniers
venus. Il est plein de roses libres, de cyprès vigou-
reux et noirs, un jardin triste et superbe, nourri de
chair humaine.

J'étais seul, bien seul. Je me blottis dans un arbre
vert. Je m'y cachai tout entier, entre ces branches
grasses et sombres.

Et j'attendis, cramponné au tronc comme un nau-
fragé sur une épave.

Quand la nuit fut noire, très noire, je quittai mon
refuge et me mis à marcher doucement, à pas lents,
à pas sourds, sur cette terre pleine de morts.

J'errai longtemps, longtemps, longtemps. Je ne la
retrouvais pas. Les bras étendus, les yeux ouverts,
heurtant des tombes avec mes mains, avec mes
pieds, avec mes genoux, avec ma poitrine, avec ma

tête elle-même, j'allais sans la trouver. Je touchais, je palpais comme un aveugle qui cherche sa route, je palpais des pierres, des croix, des grilles de fer, des couronnes de verre, des couronnes de fleurs fanées ! Je lisais les noms avec mes doigts, en les promenant sur les lettres. Quelle nuit ! quelle nuit ! Je ne la retrouvais pas !

Pas de lune ! Quelle nuit ! J'avais peur, une peur affreuse dans ces étroits sentiers, entre deux lignes de tombes ! Des tombes ! des tombes ! des tombes. Toujours des tombes ! À droite, à gauche, devant moi, autour de moi, partout, des tombes ! Je m'assis sur une d'elles, car je ne pouvais plus marcher tant mes genoux fléchissaient. J'entendais battre mon cœur ! Et j'entendais autre chose aussi ! Quoi ? un bruit confus innommable ! Était-ce dans ma tête affolée, dans la nuit impénétrable, ou sous la terre mystérieuse, sous la terre ensemencée de cadavres humains, ce bruit ? Je regardais autour de moi !

Combien de temps suis-je resté là ? Je ne sais pas. J'étais paralysé par la terreur, j'étais ivre d'épouvante, prêt à hurler, prêt à mourir.

Et soudain il me sembla que la dalle de marbre sur laquelle j'étais assis remuait. Certes, elle remuait, comme si on l'eût soulevée. D'un bond je me jetai sur le tombeau voisin, et je vis, oui, je vis la pierre que je venais de quitter se dresser toute droite ; et le mort apparut, un squelette nu qui, de son dos courbé la rejetait. Je voyais, je voyais très bien, quoique la nuit fût profonde. Sur la croix je pus lire :

« Ici repose Jacques Olivant, décédé à l'âge de cinquante et un ans. Il aimait les siens, fut honnête et bon, et mourut dans la paix du Seigneur. »

Maintenant le mort aussi lisait les choses écrites

sur son tombeau. Puis il ramassa une pierre dans le
chemin, une petite pierre aiguë, et se mit à les grat-
ter avec soin, ces choses. Il les effaça tout à fait, lentement, regardant de ses yeux vides la place où tout
à l'heure elles étaient gravées ; et du bout de l'os qui
avait été son index, il écrivit en lettres lumineuses
comme ces lignes qu'on trace aux murs avec le bout
d'une allumette[1] :

« Ici repose Jacques Olivant, décédé à l'âge de cinquante et un ans. Il hâta par ses duretés la mort de
son père dont il désirait hériter, il tortura sa femme,
tourmenta ses enfants, trompa ses voisins, vola
quand il le put et mourut misérable. »

Quant il eut achevé d'écrire, le mort immobile
contempla son œuvre. Et je m'aperçus, en me retournant, que toutes les tombes étaient ouvertes, que
tous les cadavres en étaient sortis, que tous avaient
effacé les mensonges inscrits par les parents sur la
pierre funéraire, pour y rétablir la vérité.

Et je voyais que tous avaient été les bourreaux de
leurs proches, haineux, déshonnêtes, hypocrites,
menteurs, fourbes, calomniateurs, envieux, qu'ils
avaient volé, trompé, accompli tous les actes honteux, tous les actes abominables, ces bons pères, ces
épouses fidèles, ces fils dévoués, ces jeunes filles
chastes, ces commerçants probes, ces hommes et ces
femmes dits irréprochables.

Ils écrivaient tous en même temps, sur le seuil de
leur demeure éternelle, la cruelle, terrible et sainte
vérité que tout le monde ignore ou feint d'ignorer
sur la terre[2].

Je pensai qu'*elle* aussi avait dû la tracer sur sa
tombe. Et sans peur maintenant, courant au milieu
des cercueils entrouverts, au milieu des cadavres, au

milieu des squelettes, j'allai vers elle, sûr que je la trouverais aussitôt.

Je la reconnus de loin, sans voir le visage enveloppé du suaire.

Et sur la croix de marbre où tout à l'heure j'avais lu :

« Elle aima, fut aimée, et mourut. »

J'aperçus :

« Étant sortie un jour pour tromper son amant, elle eut froid sous la pluie, et mourut. »

Il paraît qu'on me ramassa, inanimé, au jour levant, auprès d'une tombe.

. . . .

L'Endormeuse

La Seine[1] s'étalait devant ma maison, sans une ride, et vernie par le soleil du matin. C'était une belle, large, lente, longue coulée d'argent, empourprée par places ; et de l'autre côté du fleuve, de grands arbres alignés étendaient sur toute la berge une immense muraille de verdure.

La sensation de la vie qui recommence chaque jour, de la vie fraîche, gaie, amoureuse, frémissait dans les feuilles, palpitait dans l'air, miroitait sur l'eau.

On me remit les journaux que le facteur venait d'apporter et je m'en allai sur la rive, à pas tranquilles, pour les lire.

Dans le premier que j'ouvris, j'aperçus ces mots : « Statistiques des suicidés » et j'appris que, cette année, plus de huit mille cinq cents êtres humains se sont tués[2].

Instantanément, je les vis ! Je vis ce massacre, hideux et volontaire, des désespérés las de vivre. Je vis des gens qui saignaient, la mâchoire brisée, le crâne crevé, la poitrine trouée par une balle, agonisant lentement, seuls dans une petite chambre d'hôtel, et sans penser à leur blessure, pensant toujours à leur malheur.

J'en vis d'autres, la gorge ouverte ou le ventre fendu, tenant encore dans leur main le couteau de cuisine ou le rasoir.

J'en vis d'autres, assis tantôt devant un verre où trempaient des allumettes, tantôt devant une petite bouteille qui portait une étiquette rouge.

Ils regardaient cela avec des yeux fixes, sans bouger ; puis ils buvaient, puis ils attendaient ; puis une grimace passait sur leurs joues, crispait leurs lèvres ; une épouvante égarait leurs yeux, car ils ne savaient pas qu'on souffrait tant avant la fin.

Ils se levaient, s'arrêtaient, tombaient et, les deux mains sur le ventre, ils sentaient leurs organes brûlés, leurs entrailles rongées par le feu du liquide, avant que leur pensée fût seulement obscurcie.

J'en vis d'autres pendus au clou du mur, à l'espagnolette de la fenêtre, au crochet du plafond, à la poutre du grenier, à la branche de l'arbre, sous la pluie du soir. Et je devinais tout ce qu'ils avaient fait avant de rester là, la langue tirée, immobiles. Je devinais l'angoisse de leur cœur, leurs hésitations dernières, leurs mouvements pour attacher la corde, constater qu'elle tenait bien, se la passer au cou et se laisser tomber.

J'en vis d'autres couchés sur des lits misérables, des mères avec leurs petits enfants, des vieillards crevant de faim, des jeunes filles déchirées par des angoisses d'amour, tous rigides, étouffés, asphyxiés, tandis qu'au milieu de la chambre fumait encore le réchaud de charbon.

Et j'en aperçus qui se promenaient dans la nuit sur les ponts déserts. C'étaient les plus sinistres. L'eau coulait sous les arches avec un bruit mou. Ils ne la voyaient pas... ils la devinaient en aspirant son odeur froide ! Ils en avaient envie et ils en avaient peur. Ils n'osaient point ! Pourtant, il le fallait. L'heure sonnait au loin à quelque clocher, et soudain, dans le large silence des ténèbres, passaient, vite étouffés, le claquement d'un corps tombant dans la rivière, quelques cris, un clapotement d'eau battue avec des mains. Ce n'était parfois aussi que le clouf de leur chute, quand ils s'étaient lié les bras ou attaché une pierre aux pieds[1].

Oh ! les pauvres gens, les pauvres gens, les pauvres gens, comme j'ai senti leurs angoisses, comme je suis mort de leur mort ! J'ai passé par toutes leurs misères ; j'ai subi, en une heure, toutes leurs tortures. J'ai su tous les chagrins qui les ont conduits là ; car je sens l'infamie trompeuse de la vie, comme personne, plus que moi, ne l'a sentie[2].

Comme je les ai compris, ceux qui, faibles, harcelés par la malchance, ayant perdu les êtres aimés, réveillés du rêve d'une récompense tardive, de l'illusion d'une autre existence où Dieu serait juste enfin, après avoir été féroce, et désabusés des mirages du bonheur, en ont assez et veulent finir ce drame sans trêve ou cette honteuse comédie.

Le suicide ! mais c'est la force de ceux qui n'en ont plus, c'est l'espoir de ceux qui ne croient plus, c'est le sublime courage des vaincus ! Oui, il y a au moins une porte à cette vie, nous pouvons toujours l'ouvrir et passer de l'autre côté. La nature a eu un mouvement de pitié ; elle ne nous a pas emprisonnés. Merci pour les désespérés !

Quant aux simples désabusés, qu'ils marchent devant eux l'âme libre et le cœur tranquille. Ils n'ont rien à craindre, puisqu'ils peuvent s'en aller ; puisque derrière eux est toujours cette porte que les dieux rêvés ne peuvent même fermer.

Je songeais à cette foule de morts volontaires : plus de huit mille cinq cents en une année. Et il me semblait qu'ils s'étaient réunis pour jeter au monde une prière, pour crier un vœu, pour demander quelque chose, réalisable plus tard, quand on comprendra mieux. Il me semblait que tous ces suppliciés, ces égorgés, ces empoisonnés, ces pendus, ces asphyxiés, ces noyés, s'en venaient, horde effroyable, comme des citoyens qui votent, dire à la société : « Accordez-nous au moins une mort douce ! Aidez-nous à mourir, vous qui ne nous avez pas aidés à vivre ! Voyez, nous sommes nombreux, nous avons le droit de parler en ces jours de liberté, d'indépendance philosophique et de suffrage populaire. Faites à ceux qui renoncent à vivre l'aumône d'une mort qui ne soit point répugnante ou effroyable. »

. . . .

Je me mis à rêvasser, laissant ma pensée vagabonder sur ce sujet en des songeries bizarres et mystérieuses.

Je me crus, à un moment, dans une belle ville. C'était Paris ; mais à quelle époque ? J'allais par les rues, regardant les maisons, les théâtres, les établissements publics, et voilà que, sur une place, j'aperçus un grand bâtiment, fort élégant, coquet et joli.

Je fus surpris, car on lisait sur la façade, en lettres d'or : « Œuvre de la mort volontaire ». Oh ! étrangeté des rêves éveillés où l'esprit s'envole dans un monde irréel et possible ! Rien n'y étonne ; rien n'y choque ;

et la fantaisie débridée ne distingue plus le comique et le lugubre.

Je m'approchai de cet édifice, où des valets en culotte courte étaient assis dans un vestibule, devant un vestiaire, comme à l'entrée d'un cercle.

J'entrai pour voir. Un d'eux, se levant, me dit :

« Monsieur désire ?

— Je désire savoir ce que c'est que cet endroit.

— Pas autre chose ?

— Mais non.

— Alors, monsieur veut-il que je le conduise chez le secrétaire de l'œuvre ? »

J'hésitais. J'interrogeai encore :

« Mais, cela ne le dérangera pas ?

— Oh non, monsieur, il est ici pour recevoir les personnes qui désirent des renseignements.

— Allons, je vous suis. »

Il me fit traverser des couloirs où quelques vieux messieurs causaient ; puis je fus introduit dans un beau cabinet, un peu sombre, tout meublé de bois noir. Un jeune homme, gras, ventru, écrivait une lettre en fumant un cigare dont le parfum me révéla la qualité supérieure.

Il se leva. Nous nous saluâmes, et quand le valet fut parti, il demanda :

« Que puis-je pour votre service ?

— Monsieur, lui répondis-je, pardonnez-moi mon indiscrétion. Je n'avais jamais vu cet établissement. Les quelques mots inscrits sur la façade m'ont fortement étonné ; et je désirerais savoir ce qu'on y fait. »

Il sourit avant de répondre, puis, à mi-voix, avec un air de satisfaction :

« Mon Dieu, monsieur, on tue proprement et doucement, je n'ose pas dire agréablement, les gens qui désirent mourir. »

Je ne me sentis pas très ému, car cela me parut en somme naturel et juste. J'étais surtout étonné qu'on eût pu, sur cette planète à idées basses, utilitaires, humanitaires, égoïstes et coercitives de toute liberté réelle, oser une pareille entreprise, digne d'une humanité émancipée.

Je repris :

« Comment en êtes-vous arrivé là ? »

Il répondit :

« Monsieur, le chiffre des suicides s'est tellement accru pendant les cinq années qui ont suivi l'Exposition universelle de 1889[1] que des mesures sont devenues urgentes. On se tuait dans les rues, dans les fêtes, dans les restaurants, au théâtre, dans les wagons, dans les réceptions du président de la République, partout.

« C'était non seulement un vilain spectacle pour ceux qui aiment bien vivre comme moi, mais aussi un mauvais exemple pour les enfants. Alors il a fallu centraliser les suicides.

— D'où venait cette recrudescence ?

— Je n'en sais rien. Au fond, je crois que le monde vieillit. On commence à y voir clair, et on en prend mal son parti. Il en est aujourd'hui de la destinée comme du gouvernement, on sait ce que c'est ; on constate qu'on est floué partout, et on s'en va. Quand on a reconnu que la providence ment, triche, vole, trompe les humains comme un simple député ses électeurs, on se fâche, et comme on ne peut en nommer une autre tous les trois mois, ainsi que nous faisons pour nos représentants concussionnaires[2], on quitte la place, qui est décidément mauvaise.

— Vraiment !

— Oh ! moi, je ne me plains pas.

— Voulez-vous me dire comment fonctionne votre œuvre ?

— Très volontiers. Vous pourrez d'ailleurs en faire partie quand il vous plaira. C'est un cercle.

— Un cercle ! ! !...

— Oui, monsieur, fondé par les hommes les plus éminents du pays, par les plus grands esprits et les plus claires intelligences. »

Il ajouta, en riant de tout son cœur :

« Et je vous jure qu'on s'y plaît beaucoup.

— Ici ?

— Oui, ici.

— Vous m'étonnez.

— Mon Dieu ! on s'y plaît parce que les membres du cercle n'ont pas cette peur de la mort qui est la grande gâcheuse de joies sur la terre.

— Mais alors, pourquoi sont-ils membres de ce cercle, s'ils ne se tuent pas ?

— On peut être membre du cercle sans se mettre pour cela dans l'obligation de se tuer.

— Mais alors ?

— Je m'explique. Devant le nombre démesurément croissant des suicides, devant les spectacles hideux qu'ils nous donnaient, s'est formée une société de pure bienfaisance, protectrice des désespérés, qui a mis à leur disposition une mort calme et insensible, sinon imprévue.

— Qui donc a pu autoriser une pareille œuvre ?

— Le général Boulanger, pendant son court passage au pouvoir[1]. Il ne savait rien refuser. Il n'a fait que cela de bon, d'ailleurs. Donc, une société s'est formée d'hommes clairvoyants, désabusés, sceptiques, qui ont voulu élever en plein Paris une sorte de temple du mépris de la mort. Elle fut d'abord, cette maison, un endroit redouté, dont personne n'approchait. Alors les fondateurs, qui s'y réunissaient, y ont donné une grande soirée d'inauguration avec Mmes Sarah Bernhardt, Judic, Théo, Granier[1] et vingt autres ; MM. de Reszké, Coquelin, Mounet-Sully, Paulus[2] etc. ; puis des concerts, des comédies de Dumas, de Meilhac, d'Halévy, de Sardou[3]. Nous n'avons eu qu'un four, une pièce de M. Becque[4], qui a semblé triste, mais qui a eu ensuite un très grand succès à la Comédie-Française. Enfin, tout Paris est venu. L'affaire était lancée.

— Au milieu des fêtes ! Quelle macabre plaisanterie !

— Pas du tout. Il ne faut pas que la mort soit triste, il faut qu'elle soit indifférente. Nous avons égayé la mort, nous l'avons fleurie, nous l'avons parfumée, nous l'avons faite facile. On apprend à secourir par l'exemple ; on peut voir, ça n'est rien.

— Je comprends fort bien qu'on soit venu pour les fêtes ; mais est-on venu pour... Elle ?

— Pas tout de suite, on se méfiait.

— Et plus tard ?

— On est venu.

— Beaucoup ?

— En masse. Nous en avons plus de quarante par jour. On ne trouve presque plus de noyés dans la Seine.

— Qui est-ce qui a commencé ?

— Un membre du cercle.

— Un dévoué ?

— Je ne crois pas. Un embêté, un décavé, qui avait eu des différences énormes au baccara, pendant trois mois.

— Vraiment ?

— Le second a été un Anglais, un excentrique. Alors, nous avons fait de la réclame dans les journaux, nous avons raconté notre procédé, nous avons inventé des morts capables d'attirer. Mais le grand mouvement a été donné par les pauvres gens.

— Comment procédez-vous ?

— Voulez-vous visiter ? Je vous expliquerai en même temps.

— Certainement. »

Il prit son chapeau, ouvrit la porte, me fit passer puis entrer dans une salle de jeu où des hommes jouaient comme on joue dans tous les tripots. Il traversait ensuite divers salons. On y causait vivement, gaiement. J'avais rarement vu un cercle aussi vivant, aussi animé, aussi rieur.

Comme je m'en étonnais :

« Oh ! reprit le secrétaire, l'œuvre a une vogue inouïe. Tout le monde chic de l'univers entier en fait partie pour avoir l'air de mépriser la mort. Puis, une fois qu'ils sont ici, ils se croient obligés d'être gais afin de ne pas paraître effrayés. Alors, on plaisante, on rit, on blague, on a de l'esprit et on apprend à en avoir. C'est certainement aujourd'hui l'endroit le mieux fréquenté et le plus amusant de Paris. Les femmes mêmes s'occupent en ce moment de créer une annexe pour elles.

— Et malgré cela, vous avez beaucoup de suicides dans la maison ?

— Comme je vous l'ai dit, environ quarante ou cinquante par jour.

« Les gens du monde sont rares ; mais les pauvres diables abondent. La classe moyenne aussi donne beaucoup.

— Et comment... fait-on ?

— On asphyxie... très doucement.

— Par quel procédé ?

— Un gaz de notre invention. Nous avons un brevet. De l'autre côté de l'édifice, il y a les portes du public. Trois petites portes donnant sur de petites rues. Quand un homme ou une femme se présente, on commence à l'interroger ; puis on lui offre un secours, de l'aide, des protections. Si le client accepte, on fait une enquête et souvent nous en avons sauvé.

— Où trouvez-vous l'argent ?

— Nous en avons beaucoup. La cotisation des membres est fort élevée. Puis il est de bon ton de donner à l'œuvre. Les noms de tous les donateurs sont imprimés dans le *Figaro*. Or, tout suicide d'homme riche coûte mille francs. Et ils meurent à la pose. Ceux des pauvres sont gratuits.

— Comment reconnaissez-vous les pauvres ?

— Oh ! oh ! monsieur, on les devine ! Et puis ils doivent apporter un certificat d'indigence du commissaire de police de leur quartier. Si vous saviez comme c'est sinistre, leur entrée ! J'ai visité une fois seulement cette partie de notre établissement, je n'y retournerai jamais. Comme local, c'est aussi bien qu'ici, presque aussi riche et confortable ; mais eux... Eux ! ! ! Si vous les voyiez arriver, les vieux en guenilles qui viennent mourir ; des gens qui crèvent de misère depuis des mois, nourris au coin des bornes, comme les chiens des rues ; des femmes en haillons, décharnées, qui sont malades, paralysées, incapable de trouver leur vie et qui nous disent, après avoir raconté leur cas : "Vous voyez bien que ça ne peut pas continuer, puisque je ne peux plus rien faire et rien gagner, moi."

« J'en ai vu venir une de quatre-vingt-sept ans, qui avait perdu tous ses enfants et petits-enfants, et qui, depuis six semaines, couchait dehors. J'en ai été malade d'émotion.

« Puis, nous avons tant de cas différents, sans compter les gens qui ne disent rien et qui demandent simplement : "Où est-ce ?" Ceux-là, on les fait entrer, et c'est fini tout de suite. »

Je répétai, le cœur crispé :

« Et... où est-ce ?

— Ici. »

Il ouvrit une porte en ajoutant :

« Entrez, c'est la partie spécialement réservée aux membres du cercle, et celle qui fonctionne le moins. Nous n'y avons eu encore que onze anéantissements.

— Ah ! vous appelez cela un... anéantissement.

— Oui, monsieur. Entrez donc. »

J'hésitais. Enfin j'entrai. C'était une délicieuse galerie, une sorte de serre, que des vitraux d'un bleu pâle, d'un rose tendre, d'un vert léger, entouraient poétiquement de paysages de tapisseries. Il y avait dans ce joli salon des divans, de superbes palmiers, des fleurs, des roses surtout, embaumantes, des livres sur des tables, la *Revue des Deux Mondes*[1], des cigares en des boîtes de la régie, et, ce qui me surprit, des pastilles de Vichy dans une bonbonnière.

Comme je m'en étonnais :

« Oh ! on vient souvent causer ici », dit mon guide.

Il reprit :

« Les salles du public sont pareilles, mais plus simplement meublées. »

Je demandai :

« Comment fait-on ? »

Il désigna du doigt une chaise longue, couverte de

crêpe de Chine crémeuse, à broderies blanches, sous un grand arbuste inconnu, au pied duquel s'arrondissait une plate-bande de réséda.

Le secrétaire ajouta d'une voix plus basse :

« On change à volonté la fleur et le parfum, car notre gaz, tout à fait imperceptible, donne à la mort l'odeur de la fleur qu'on aima. On le volatilise avec des essences. Voulez-vous que je vous le fasse aspirer une seconde ?

— Merci, lui dis-je vivement, pas encore... »

Il se mit à rire.

« Oh ! monsieur, il n'y a aucun danger. Je l'ai moi-même constaté plusieurs fois. »

J'eus peur de lui paraître lâche. Je repris :

« Je veux bien.

— Étendez-vous sur l'Endormeuse. »

Un peu inquiet, je m'assis sur la chaise basse en crêpe de Chine, puis je m'allongeai, et presque aussitôt je fus enveloppé par une odeur délicieuse de réséda[1]. J'ouvris la bouche pour la mieux boire, car mon âme s'était engourdie, oubliait, savourait, dans le premier trouble de l'asphyxie, l'ensorcelante ivresse d'un opium enchanteur et foudroyant.

Je fus secoué par le bras.

« Oh ! oh ! monsieur, disait en riant le secrétaire, il me semble que vous vous y laissez prendre. »

. . . .

Mais une voix, une vraie voix, et non plus celle des songeries, me saluait avec un timbre paysan :

« Bonjour, m'sieu. Ça va-t-il ? »

Mon rêve s'envola. Je vis la Seine claire sous le soleil, et, arrivant par un sentier, le garde champêtre du pays, qui touchait de sa main droite son képi noir galonné d'argent. Je répondis :

« Bonjour, Marinel. Où allez-vous donc ?

— Je vais constater un noyé qu'on a repêché près des Morillons. Encore un qui s'a jeté dans le bouillon. Même qu'il avait retiré sa culotte pour s'attacher les jambes avec. »

DOSSIER

CHRONOLOGIE

1846. 9 novembre : mariage, à Rouen, de Gustave de Maupassant et de Laure Le Poittevin, nés tous deux en 1821. Gustave est d'origine lorraine ; le droit à la particule vient de lui être octroyé par le tribunal civil de Rouen. Laure, très cultivée, d'un tempérament névrotique dont les manifestations iront s'accentuant, est la sœur du grand ami de jeunesse de Flaubert, Alfred, qui mourra en 1848.

1850. Le 5 août, naissance de Guy de Maupassant au château de Miromesnil, près de Dieppe. Notons, pour dissiper une légende parfois encore exhumée, que neuf mois auparavant, Gustave Flaubert était au loin, s'embarquant pour son voyage en Orient, comme le prouvent ses *Carnets* : il ne peut être le père selon la chair de Guy.

1856. 19 mai : naissance, au château de Grainville-Ymauville, du frère de Maupassant, Hervé.

1859-1860. Gustave, dépensier, à demi ruiné, travaille dans une banque à Paris. Guy de Maupassant est élève au Lycée Impérial (aujourd'hui Henri IV) à Paris. Ses parents se séparent, Gustave de Maupassant étant léger et coureur. Laure vit avec ses fils dans sa propriété des Verguies, à Fécamp.

1863-1868. Maupassant fait ses études à l'Institution ecclésiastique d'Yvetot. Il en est renvoyé pour irrespect envers la religion. Il finit sa rhétorique au lycée Corneille, à Rouen, Louis Bouilhet étant son correspondant. Maupassant commença à fréquenter Flaubert à Croisset en 1867.

1869. En classe de philosophie au lycée Corneille. Louis Bouilhet, maître en poésie de Maupassant, meurt en juillet. Bachelier, Maupassant prend à Paris ses inscriptions en Droit.

1870-1872. Incorporé au service de l'Intendance militaire, à Rouen, puis au Havre, Maupassant est pris dans la débâcle. Il s'en faut de peu qu'il soit fait prisonnier. Le 30 juillet 1871, il se fait remplacer à l'armée. Il entre comme commis surnuméraire (non payé) au ministère de la Marine, en mars 1872. Puis il entre à la direction des Colonies, avec un traitement de 125 F par mois.

1872-1879. De longues années de maturation littéraire. Maupassant travaille toujours comme commis au ministère de la Marine, puis, à partir de 1878, grâce à l'intervention de Flaubert, au ministère de l'Instruction publique. Il habite à Paris, rue Moncey, puis rue Clauzel. Il fait de joyeuses parties en barque à Argenteuil et à Bezons, court les filles, contracte la syphilis en 1877. Première cure cette même année, à Loèche-les-Bains. D'autre part, il tente sa chance en littérature. Il fréquente Flaubert rue Murillo, et connaît l'entourage de son maître en littérature : en particulier Tourguéniev et les Goncourt. Il écrit quelques pièces (refusées, sauf *Histoire du vieux temps*, jouée à la troisième Comédie-Française en 1879), publie sous pseudonyme quelques contes à partir de 1875, des poèmes à partir de 1876. Il se lie avec Catulle Mendès, et avec Zola et son groupe, sans jamais adhérer au naturalisme : il ne se reconnaît que Flaubert pour maître.

1880. L'année de l'entrée véritable en littérature. En février, Flaubert écrit à Maupassant que « Boule de suif », dont il a lu les épreuves, est un chef-d'œuvre. Le 15 avril, publication des *Soirées de Médan*, recueil de nouvelles qui comprend « Boule de suif ». Grand succès pour Maupassant. Celui-ci s'est vu d'autre part intenter un procès, pour le poème « Une fille », publié par la *Revue moderne et naturaliste*. Non-lieu le 27 février. Maupassant publie le 25 avril chez Charpentier ses poèmes, sous le titre *Des vers*. Il s'installe à Paris, rue Dulong, dans un meilleur quartier que naguère.

Mais c'est aussi l'année de la mort de Flaubert, le 8 mai. Laure de Maupassant, elle, a été soignée en maison de santé, puis envoyée dans un pays plus chaud que la Normandie. Maupassant la rejoint en Corse pendant l'été.

1881. Maupassant démissionne du ministère. Il publie en mai le recueil *La Maison Tellier*, chez Havard. Désormais, il va publier de très nombreuses œuvres, en changeant constamment d'éditeurs et en les jouant l'un contre l'autre, pour obtenir des conditions financières intéressantes. Le 6 juillet, il part pour l'Algérie, comme reporter pour *Le Gaulois*, journal mondain, de tendance conservatrice libérale. Maupassant y publie des « Lettres d'Afrique » très critiques, non sur le principe de la colonisation, mais sur la manière dont elle est pratiquée par la France. Il passe deux mois en voyage, revenant en France par la Corse. Début en octobre de la collaboration à *Gil Blas*, journal destiné aux hommes et aux demi-mondaines, de bonne tenue littéraire, mais assez léger, ce qui explique que l'écrivain y adopte un ton plus libre qu'au *Gaulois*. Il y signe « Maufrigneuse ».

1882. Publication du recueil *Mademoiselle Fifi*, chez l'éditeur belge Kistemaeckers. Été à Châtelguyon, en cure, et sur la Côte d'Azur.

1883. 27 février : naissance de Lucien Litzelmann, fils d'une donneuse d'eau de Châtelguyon et très probablement de Maupassant, qui ne le reconnaît pas plus que les deux enfants suivants, nés en 1884 et 1887. Avril : *Une vie*, roman en préparation depuis 1880. Juin : *Contes de la Bécasse*, chez Rouveyre et Blond. Été à Châtelguyon. Maupassant se fait construire à Étretat la villa « La Guillette ». Il se lie avec Hermine Lecomte du Noüy. Novembre : *Clair de lune* (première édition), chez Monnier.

1884. Janvier : *Au soleil*, chroniques sur l'Afrique, chez Havard. Maupassant se lie avec la belle et étrange comtesse Potocka ; par la suite, il connaît Marie Kann, autre mondaine au salon renommé, qui sera sa maîtresse après avoir été celle de Paul Bourget, et Mme

Straus, modèle de la duchesse de Guermantes de Proust. Maupassant s'installe à Paris, rue de Montchanin (aujourd'hui rue Jacques-Bingen).

Avril : le recueil *Miss Harriet*, chez Havard. Été à Étretat. Juillet : *Les Sœurs Rondoli*, chez Ollendorff. Octobre : *Yvette*, chez Havard. Novembre à Cannes.

1885. Mars : *Contes du jour et de la nuit*, chez Havard. Printemps en Italie. Mai : *Bel-Ami*, roman, chez Havard. Été en cure à Châtelguyon. Hiver au cap d'Antibes. Premier yacht le « Bel-Ami ».

1886. Janvier : le recueil *Toine*, chez Marpon et Flammarion. Maupassant souffre de désordres oculaires. Février : le recueil *Monsieur Parent*, chez Ollendorff. Printemps : Maupassant rédige un « Salon » de peinture. Mai : le recueil *La Petite Roque*, chez Havard. Été à Châtelguyon. Hiver à Antibes et à Cannes.

1887. Janvier : *Mont-Oriol*, roman, chez Havard. Mai : le recueil *Le Horla* chez Ollendorff. Été en Normandie. En octobre, Maupassant s'embarque pour l'Afrique du Nord. Très mauvaise santé : migraines, maux d'yeux, hallucinations. Grands soucis causés par sa mère malade et son frère névrotique.

1888. Janvier : retour d'Afrique du Nord à Paris. Maupassant conduit son frère, qui donne des signes de dérangement mental, chez le docteur Blanche, célèbre aliéniste. Publication du roman *Pierre et Jean* et de l'importante étude générale sur le roman qui le précède, chez Ollendorff. Juin : chronique *Sur l'eau*, chez Marpon et Flammarion. Automne : cure à Aix-les-Bains. Octobre : recueil *Le Rosier de Madame Husson*, chez Quantin. Hiver : nouveau voyage en Afrique du Nord.

1889. Achat du second yacht le « Bel-Ami », à Marseille. À Paris, installation avenue Victor-Hugo. Février : recueil *La Main gauche*, chez Ollendorff. Mai : *Fort comme la mort*, roman, chez Ollendorff. Été à Triel. Le frère de Maupassant est interné à l'hospice de Bron, près de Lyon. Maupassant lui rend visite en août. Automne en Corse et en Italie. Le 13 novembre, Hervé de Maupassant meurt fou.

1890. Hiver à Cannes. Mars : le récit de voyage *La Vie errante*, chez Ollendorff. Avril : le recueil *L'Inutile Beauté* chez Havard. Maupassant se loge rue du Boccador. Été : cure à Plombières. Automne en Afrique du Nord. La santé de Maupassant se dégrade de plus en plus.

1891. Maupassant se sent devenir fou. Mars : *Musotte*, pièce tirée de « L'Enfant », est jouée au Gymnase. Été à Nice et en cure à Divonne-les-Bains. Novembre à Cannes.

1892. Le 1er janvier, Maupassant tente de se suicider. Il est transporté à la clinique du docteur Blanche, et se dégrade de plus en plus, physiquement et mentalement.

1893. 6 juillet : mort de Maupassant.

BIBLIOGRAPHIE

Sauf indication contraire, le lieu d'édition est Paris.

I. ŒUVRES DE MAUPASSANT

1° Œuvres complètes

On utilisera l'édition de la Bibliothèque de la Pléiade, Gallimard : les *Contes et nouvelles* en deux tomes, 1974-1979, et les *Romans*, 1987, présentés par Louis Forestier ; pour la correspondance de Maupassant, les trois volumes présentés par Jacques Suffel dans l'édition des *Œuvres complètes* du Cercle du Bibliophile, Évreux, 1969-1973, tomes 16, 17, 18. On trouvera *Des vers* dans le tome I de cette édition.

2° Éditions d'œuvres séparées intéressant le lecteur de La Main gauche

Maupassant, *Chroniques*, publiées par Hubert Juin, UGE, collection « 10/18 », 1980, rééd. 1993.

Maupassant, *Boule de suif et autres contes normands*, 1971 ; *Le Horla et autres contes cruels et fantastiques*, 1976 ; *La Parure et autres contes parisiens*, 1984, préfaces et notes de M.-C. Bancquart, « Les classiques Garnier ».

Maupassant, *Bel-Ami*, présentation et notes de M.-C. Bancquart, éditions de l'Imprimerie Nationale, 1979.

Maupassant, *Lettres d'Afrique*, La Boîte à documents, 1990. Ce livre donne les textes les plus complets des articles écrits par Maupassant sur l'Afrique, et, en appendice, le texte d'*Au soleil*.

Maupassant, *Écrits sur le Maghreb*, préface de Denise Brahimi, Minerve, 1991.

Maupassant, *Marroca et autres nouvelles africaines*, présentation de Gérard Delaisement, Arcantère, 1993.

Les publications des œuvres de Maupassant dans la collection « Folio classique » , Gallimard, sont citées en référence dans les Notes.

II. SUR MAUPASSANT
(intéressant le lecteur de *La Main gauche*)

1° Biographies

Armand Lanoux, *Maupassant le Bel-Ami*, Fayard 1967, rééd. augmentée, Livre de poche Hachette, 1983.

Albert-Marie Schmidt, *Maupassant par lui-même*, « Écrivains de toujours », Le Seuil, 1962, rééd. 1976.

Henri Troyat, *Maupassant*, Flammarion, 1989.

2° Études sur l'œuvre

A. Ouvrages individuels

Marie-Claire Bancquart, *Maupassant conteur fantastique*, Minard, Lettres modernes, 1976, rééd. 1993.

Pierre Bayard, *Maupassant, juste avant Freud*, éditions de Minuit, 1994.

Micheline Besnard-Coursodon, *Étude thématique et structurale de l'œuvre de Maupassant : le piège*, Nizet, 1973.

Philippe Bonnefis, *Comme Maupassant*, Presses universitaires de Lille, rééd. 1993.

Marianne Bury, *La Poétique de Maupassant*, SEDES, 1994.

Pierre Danger, *Pulsion et désir dans les romans et nouvelles de Guy de Maupassant*, Nizet, 1993.

Gérard Delaisement, *Maupassant journaliste et chroniqueur*, Albin Michel 1956 ; *Guy de Maupassant, le témoin, l'homme, le critique*, CRDP d'Orléans-Tours, 1984.

Antonia Fonyi, *Maupassant 1993*, Kimé, 1993.

A.-G. Greimas, *Maupassant, la sémiotique du texte*, Le Seuil, 1976.

Bettina Kopelke, *Die Personennamen in den Maupassants Novellen*, Peter Lang, Francfort, 1990.

Tuula Lehman, *Transitions savantes et dissimulées. Une étude structurelle des contes et nouvelles de Guy de Maupassant*, Societas Scientiarum Fennica, 1990.

Alberto Savinio, *Maupassant et « l'Autre »*, « Du monde entier », Gallimard, 1977.

André Vial, *Guy de Maupassant et l'Art du roman*, Nizet, 1954 ; *Faits et significations*, Nizet, 1973.

B. Ouvrages collectifs

Flaubert et Maupassant, écrivains normands, Presses universitaires de France, 1981.

Maupassant. Miroir de la nouvelle, Presses universitaires de Vincennes, 1988.

Maupassant, numéro spécial d'*Europe*, sous la direction de Marie-Claire Bancquart, août-septembre 1993.

Maupassant, numéro spécial du *Magazine littéraire*, mai 1993.

Maupassant et l'Écriture, sous la direction de Louis Forestier, Nathan, 1993.

NOTES

Ce récit a été publié dans *L'Écho de Paris* les 10 et 15 février 1889. Le récit définitif présente par rapport au récit publié dans le journal une variante importante, qui insiste sur la personnalité de la fille du désert, sans revenir à l'enchâssement narratif. Voir note 1, page 61.

Page 35.

1. Bordj-Ebbaba : ce nom est imaginaire.

2. Maupassant met ici à contribution ses souvenirs de voyages en Algérie, en 1881 et en 1887-1888 : il parle de la région montagneuse située au sud-ouest d'Alger, qu'il a visitée au cours de ses deux voyages. Cherchell se trouve à une centaine de kilomètres d'Alger, sur la côte ; Orléansville était à l'intérieur des terres, dans la province d'Alger, à environ 200 kilomètres de la capitale ; Tiaret, dans la province d'Oran, à 200 kilomètres de cette ville, à la limite nord des hauts plateaux. « Teniet-el-Haad », le Col du Dimanche (il s'y tenait ce jour-là un important marché), à 1 160 mètres d'altitude, et 182 kilomètres de route d'Alger, était fréquenté par les touristes, à cause de la forêt de cèdres de 3 000 hectares qui en était proche. La bourgade se trouve dans le massif de l'Ouarsenis, qui culmine à 1 985 mètres.

Page 36.

1. La Mitidja est la plaine très riche (vignes, agrumes, céréales, oliviers, tabac, etc.) qui s'étend autour d'Alger.

2. Le « Tombeau de la Chrétienne » (« Kbour-er-Roumia »), se trouve à 18 kilomètres de Kolla, donc à 57 kilomètres d'Alger. Ce monument semble être en réalité le tombeau de toute une famille de rois maures. En forme de cône tronqué, de 30 mètres de haut, avec un soubassement carré de 63 mètres de côté, il était en effet visible de très loin.

3. Maupassant écrivit d'Algérie des lettres qui traduisent cette sensation de bonheur. Ainsi, à Mme Straus, en 1887, d'Hammam-Rhira : « Quand le soleil se lève, je repars sur les sentiers avec des élans de bête libre, et j'ai, tout le long des marches, des joies vives, courtes, sensuelles, simples, des joies de brute lâchée qui sent et ne pense pas, qui voit sans regarder, qui boit des impressions, de l'air, et de la lumière. J'ai eu ces jours-là un inexprimable mépris pour les civilisés qui dissertent, argumentent et raffinent » (*Correspondance, Œuvres complètes*, t. 18, p. 63). Après avoir visité la section arabe de l'Exposition Universelle de 1889, il écrivit : « Ce fut en moi une joie profonde, un de ces ressouvenirs qui grisent, une suite d'images, de gens, de choses, de paysages aimés, apparus, évoqués, dans ce petit coin forain de la grande fête parisienne » (*L'Écho de Paris*, 15 juin 1889, « Les Africaines »).

Page 40.

1. Le Djebel-Amour (« Djebel » signifie « montagne » en arabe) est situé dans les contreforts de l'Atlas, à 300 kilomètres au sud-ouest d'Alger.

Page 42.

1. Lors de son premier voyage en Algérie, en 1881, Maupassant vit les filles Ouled-Naïl, qui se prostituent avant leur mariage pour amasser une dot. Il décrit leur haute coiffure, leur longue robe d'un rouge éclatant, les « bracelets étincelants » qu'elles portent aux bras et aux chevilles, leur « poitrine noyée sous les colliers, les médailles, les lourds bijoux », les signes bleus tatoués sur leur visage. Il note qu'elles observent

le Ramadan (*Au soleil*, p. 323 de l'édition citée de Michèle Salinas). Il décrit de nouveau ces danseuses dans son article « Les Africaines » (voir note précédente), « bestiales et mystiques » avec leurs cheveux en forme de tour carrée et leur façon superbe de se draper de rouge et de bleu.

Page 43.

1. Gebba est sans doute mis ici pour djellaba.

Page 45.

1. Maupassant parle dans *Au soleil* (éd. cit., p. 329) de la « fourberie arabe », qu'il estime générale.

Page 46.

1. Les Ouled Sidi Cheik : tribu nomade des plateaux situés à 500 ou 600 kilomètres au sud d'Alger, à la frontière du Sahara.

2. Les nomades, écrit Maupassant, « changent de pays sans jamais changer de patrie ». C'est un « peuple étrange, enfantin, demeuré primitif comme à la naissance des races [...]. Leurs coutumes sont restées rudimentaires. Notre civilisation glisse sur eux sans les effleurer » (*Au soleil*, p. 330-331).

Page 47.

1. « C'est nous qui avons l'air de barbares au milieu de ces barbares, brutes il est vrai, mais qui sont chez eux, et à qui les siècles ont appris des coutumes dont nous semblons n'avoir pas encore compris le sens » (*Au soleil*, p. 304).

Page 52.

1. Miliana, à 95 kilomètres d'Alger, était une ville de plus de 6 000 habitants, dans la vallée du Chéliff.

Page 53.

1. Une *koubba* est un petit monument qui n'excède pas 4 mètres de côté, souvent édifié sur la tombe d'un saint personnage musulman.

2. Un *douar* est une agglomération de tentes, un village de nomades.

Page 56.

1. Le Beïram est une fête de trois jours, qui clôt le Ramadan.

Page 61.

1. Fin de l'article dans *L'Écho de Paris* : « ... quatre fois chez
elle ; et je vivais bien tranquille, satisfait, tenant à elle un peu
comme un cavalier peut tenir à un cheval rare, impossible à
remplacer, quand Mohammed entra chez moi, un matin, la
figure atterrée, et me dit : /"Allouma, il est parti."/ Je ne le
croyais pas ; je ne comprenais point, tant j'étais sûr d'elle, sûr
qu'obtenant toujours ma permission, elle ne me fuirait plus
sans prévenir. Mais Mohammed aussi semblait sûr de lui, et
sûr qu'elle ne reviendrait pas, car il savait des choses que
j'ignorais./ Il ne voulait point parler d'abord, puis, devant mon
incrédulité, il m'apprit, avec une colère dont il n'était point
maître, avec ces vociférations arabes qui font ressembler les
cris de leurs querelles à des clameurs de ménagerie révoltée,
qu'Allouma s'était sauvée avec le berger, avec mon berger, un
grand rôdeur engagé l'autre semaine par mon intendant. Je ne
le pouvais croire, mais il affirmait, précisait. Il les avait vus, la
veille au soir, au clair de lune, derrière le bois de cactus qui
touche aux hangars./ Je cherchais, en ma mémoire, la figure
de ce berger, et il me rappelait soudain un grand bédouin au
type de brute, aux pommettes saillantes, au nez crochu, au
menton fuyant, aux membres secs et noirs, une haute carcasse
haillonneuse avec des yeux faux de chacal./ "C'est bon, dis-je à
Mohammed. Si elle est partie, tant pis pour elle. J'ai des lettres
à écrire, laisse-moi seul."/ Il s'en alla, surpris de mon calme.
Moi, je me levai, j'ouvris ma fenêtre et je me mis à respirer, par
grands souffles, l'air étouffant qui venait du Sud. Le sirocco
soufflait ; je me sentais oppressé et triste soudain, — décou-
ragé, las de tout./ Puis je pensai : Mon Dieu, c'est une rosse...
comme les autres. Je me rappelais toute la mobilité de sa cervelle d'écureuil, cet embryon d'âme de femme que pendant
près de trois ans j'avais regardé se mouvoir dans cette jolie tête
sans pensée. Il ressemblait aux autres, en somme, ce cerveau
rudimentaire que toutes les influences dominaient. / Je songeais à celles qui nous déroutent, qui nous dépistent, que nous

déclarons profondes, incompréhensibles, inanalysables. Celle-ci me les expliquait. Le mécanisme original et simple de sa franchise et de sa rouerie me permettait, en un coup d'œil, d'apercevoir tous les ressorts des âmes de femmes civilisées. / Toutes sont pareilles, rebelles à la logique, impénétrables à la raison, déroutant toute analyse. Quand on veut savoir pourquoi elles agissent, ce n'est pas en elles qu'il faut regarder, mais à côté, ce n'est pas leur nature qu'il faut discerner, mais des influences voisines qu'elles ne connaissent pas elles-mêmes. Lorsqu'une girouette tourne au vent, est-ce parce qu'elle est en fer, en tôle, en bois, en cuivre ou en acier qu'elle tourne, ou bien parce que le vent l'agite ? Démontez la girouette et vous ne verrez rien, cherchez d'où vient le vent, vous comprendrez ! Pareille aux flèches pivotantes de nos toits, la femme de tous les continents, de toutes les races, de toutes les classes est, malgré elle, malgré ce qu'elle peut avoir de raison, le jouet souple et docile de sa sensibilité et de ses nerfs, l'œuvre maniable des événements, des milieux, de tous les effleurements innombrables et de toutes les émotions dont tressaille son âme ou sa chair. / Cette petite fille du désert, me laissant après elle de longues songeries, m'a révélé bien des choses sur celles que j'avais connues auparavant, à travers les rues de Paris. Je ne les en aime pas moins, celles qui m'ont ruiné comme celles qui m'ont trahi, même la fuyante Allouma, que je recevrais encore, si elle revenait. »

HAUTOT PÈRE ET FILS

Ce récit parut le 5 janvier 1889 dans *L'Écho de Paris*.

Page 65.

1. La « cour », en Normandie, est l'herbage dans lequel sont construits les bâtiments d'exploitation ; il est généralement planté en verger.

Page 69.

1. Cette rue n'existe pas à Rouen.

Page 70.

1. La rue Beauvoisine est l'une des principales rues du vieux Rouen. Elle va de la Seine jusqu'aux hauteurs de la ville, à l'est de la rue Jeanne-d'Arc.

Page 72.

1. Un tilbury est une voiture légère à deux places.

2. Ce village n'existe pas, mais la consonance de son nom est bien normande.

Page 73.

1. Il existe à Rouen une rue des Bons-Enfants, et des rues des Trois-Planches, des Trois-Poissons, des Trois-Pucelles, des Trois-Maillots, des Trois-Cornets. Toujours le souci de vraisemblance qui anime Maupassant.

Page 75.

1. L'Exposition de 1878, dont le succès fut très grand, la Troisième République en ayant fait une affaire de prestige : elle prouvait le relèvement de la France après la défaite de 1870. Mais le lecteur de 1889 pense aussi aux préparatifs, fort commentés, de l'Exposition qui doit s'ouvrir le 6 mai de cette année.

Page 80.

1. Deux mille francs de rente, c'est une somme assez considérable : un employé débutant dans une administration parisienne gagne alors 125 F par mois.

BOITELLE

Ce récit a été publié le 22 janvier 1889 dans *L'Écho de Paris.*

Page 82.

1. Robert Pinchon (1846-1925), connu par Maupassant à Rouen depuis son adolescence, fut retrouvé par lui comme soldat à Vincennes, en 1870. Après la guerre, Pinchon, étudiant à Paris, fit partie, sous le nom de « La Tôque », de la bande de

canotiers qu'animait Maupassant. Il joua le rôle du vidangeur dans *À la feuille de rose, maison turque* : on notera que Boitelle, le héros du récit, est précisément devenu vidangeur. Sous-bibliothécaire puis bibliothécaire adjoint à la Bibliothèque de Rouen, Pinchon est resté l'ami de Maupassant, auquel il fournissait des sujets de récits. Mais on dit que celui de « Boitelle » fut donné à l'auteur par un autre de ses amis, Aubourg, de Longueville.

Page 84.

1. « Aracara » est en dialecte guarani le nom du grand perroquet généralement connu par nous sous le nom d'« ara ». Il est très coloré et apprend facilement à parler.

Page 86.

1. Tourteville est un nom imaginaire. Mais il existe deux Tourvielle, l'un près de Fécamp, l'autre près de Dieppe.

Page 92.

1. Le lecteur comprend facilement, dans le langage de Boitelle, certains mots du parler cauchois ; celui-ci est plus particulier : « s'éluger » signifie « s'inquiéter », « se faire du souci ».

L'ORDONNANCE

Ce récit parut dans *Gil Blas* le 23 août 1887.

LE LAPIN

Ce récit parut le 19 juillet 1887 dans *Gil Blas*.

Page 98.

1. « Maître » est le titre qu'on donnait en Normandie au paysan aisé, qui « avait du bien ». On prononce « maîte » en cauchois, ce qui explique la contraction « maît ».

2. Le « fossé », en Normandie, est le talus qui entoure la

ferme et les bâtiments d'exploitation ; planté d'arbres, il les défend contre le vent. Pour la « cour », voir la note 1 page 65.

Page 99.

1. « À draite » : forme dialectale cauchoise. Il y en a un certain nombre dans le récit. Comme toujours, Maupassant fait en sorte de n'employer que des formes compréhensibles pour tout lecteur, mais qui donnent tout de même une saveur locale au récit.

2. « Vé », voir. En cauchois, « oi » français est toujours « é ».

3. « Quéri » : chercher ce que l'on sait où trouver.

4. Ce nom n'existe pas, mais il y a un « Pavilly » à 20 km de Rouen, sur la route de Saint-Valéry-en-Caux.

5. « Çu » : « ce », devant les mots commençant par une consonne.

Page 100.

1. « Trâcher » : chercher ce que l'on ne sait où trouver.

2. Rappelons que Georges Duroy, le futur « Bel-Ami », est présenté au chapitre I du roman comme un ancien hussard qui, en Afrique, « rançonnait les Arabes dans les petits postes du Sud » et se rappelle avec joie une « escapade » au cours de laquelle ses camarades et lui avaient, au prix de la vie de trois indigènes, volé « vingt poules, deux moutons et de l'or » (Folio Classique, p. 32).

3. Un « nient » est un « niais », au sens aussi d'« homme de rien ».

Page 101.

1. « Berqué » : berger.

Page 102.

1. « Masure » : ce mot signifie « maison », sans nuance péjorative.

Page 107.

1. « Itou » : aussi.

Page 108.

1. « Rigolade » : périphrase paysanne pour désigner l'acte de chair.

UN SOIR

Ce récit fut publié dans *L'Illustration*, les 19 et 26 janvier 1889.

Page 109.

1. Bougie était alors une ville d'environ 4 000 habitants, faisant partie de la province de Constantine. C'était un port très actif, construit en amphithéâtre sur la mer, et entouré de pentes couvertes d'orangers, de grenadiers, de caroubiers. C'était le débouché de la région de Kabylie. Maupassant venait de voyager en Algérie ; mais peut-être se rappelle-t-il surtout ici son premier voyage dans le pays, en 1881. Dans *Au soleil*, il évoque la région de Bougie avec une grande admiration pour « cette route incomparable qui contourne le golfe et va le long des monts » avant de parvenir dans la ville (éd. cit., p. 358). Il assiste à des feux de forêts, qui entourent Bougie et se reflètent dans la mer, ce qui évoque naturellement l'atmosphère dans laquelle se déroule ici la pêche au flambeau. Le golfe de Bougie est déjà évoqué dans le récit « Marroca » (*Gil Blas*, 2 mars 1882, recueilli dans *Mademoiselle Fifi*, Folio Classique, p. 63-76) comme « aussi beau que celui de Naples, que celui d'Ajaccio et que celui de Douarnenez ». Maupassant semble pourtant alors faire une exception en faveur de l'« invraisemblable baie de Porto, ceinte de granit rouge » (p. 64).

Page 110.

1. Bab-el-Bahar (« Porte de la mer »), débris de l'enceinte sarrasine, datant de l'époque où Bougie devint capitale des Hammadites (1067). Cette enceinte, de plus de 5 000 mètres, était tout à fait en ruine, mise à part cette porte. Maupassant en parle dans « Marroca », éd. cit., p. 65 : « Bougie est la ville des ruines. Sur le quai, en arrivant, on rencontre un débris si

magnifique, qu'on le dirait d'opéra. C'est la vieille porte Sarra-sine, envahie de lierre. »

Page 112.

1. Dans « Marroca » (p. 65), le narrateur loue lui-même, dans la ville haute de Bougie, une petite maison mauresque, qu'il décrit dans des termes semblables à ceux de notre récit.

2. Cette pêche se pratiquait, soit à la lumière des torches, soit plus dangereusement comme ici en allumant un brasier à l'avant du bateau.

Page 113.

1. La fouine, ou foëne, est une sorte de fourche à plusieurs dents, qui sert à harponner les moyens et gros poissons.

Page 130.

1. Agar, servante égyptienne de Sara qui se croyait stérile, fut livrée par sa maîtresse à Abraham son mari, âgé de quatre-vingt-six ans, pour qu'elle ait des enfants « par procuration ». Elle eut un fils, Ismaël (Genèse, XVI). Puis, Sara ayant fini par enfanter, Agar et Ismaël furent chassés dans le désert, mais un ange les sauva (Genèse, XXI, 14-21). L'héroïne du livre de Ruth est cette jeune femme qui s'unit à Booz, homme dont la Bible ne précise pas l'âge, mais que Victor Hugo, dans un poème fameux de la *Légende des siècles*, dit âgé de plus de quatre-vingts ans. On sait que les filles de Loth s'unirent à leur vieux père, en l'absence d'autres hommes, après la destruction de Sodome (Genèse, XIX, 31-36). Femme du riche Nabal, qui avait rudoyé les envoyés du roi David, Abigaïl avait transigé avec celui-ci ; Nabal fut frappé de mort, et Abigaïl devint l'une des épouses de David, dont la Bible ne précise pas l'âge (Samuel, I, XXV). On voit que Maupassant, sans doute peu assidu lecteur de la Bible, a retenu des cas on ne peut plus dif-férents, et même des cas peu adaptés pour soutenir ses opi-nions misogynes !

LES ÉPINGLES

Ce récit parut dans *Gil Blas* le 10 janvier 1888.

Page 131.

1. On évoque la description, au chapitre I de *Bel-Ami*, du boulevard du côté de la Madeleine, avec les « grands cafés » montrant, « sur de petites tables carrées ou rondes », des verres qui contiennent « des liquides rouges, jaunes, verts, bruns, de toutes les nuances » (Folio Classique, p. 31).

2. Un coulissier fait, en dehors des activités des agents de change, des opérations en Bourse : il se tient dans la « coulisse » de la Bourse.

Page 136.

1. Les épingles en laiton, à tête noire, fixaient les rubans, croisaient les corsages, maintenaient les ceintures et les voiles des chapeaux. Elles étaient si nécessaires à la toilette féminine que *La Mode actuelle* du 1er septembre 1884 les célèbra dans « Le Roman de l'épingle ».

DUCHOUX

Ce récit parut dans *Le Gaulois* du 14 novembre 1887.

Page 142.

1. Cette description de l'enfant, de la servante, plus loin de l'intérieur de la maison méridionale, ne donne pas une impression très favorable ! De fait, Maupassant, en homme du Nord qu'il était, trouvait au Midi marseillais des inconvénients qu'il marque bien dans le chapitre « La Mer » d'*Au soleil* (éd. cit., p. 298). Marseille avec « son accent qui chante par les rues, son accent que tout le monde fait sonner par défi », n'est ni propre, ni distinguée : « Marseille au soleil transpire, comme une belle fille qui manquerait de soins, car elle sent l'ail, la gueuse, et mille choses encore. Elle sent les innombrables nourritures que grignotent les Grecs, les Italiens, les Maltais, les Espagnols, les Anglais, les Corses, et les Marseillais aussi, pécaïre, couchés, assis, vautrés sur les quais. »

2. Maupassant lui-même désigna certains personnages de ses récits et de ses romans par des noms qui expriment une qualité ou un état, une catégorie, en somme : Monsieur Parent, le père qui tout à coup apprend que l'enfant qu'il croyait son fils n'est pas de lui ; Mademoiselle Perle, l'enfant trouvée qui se révèle pleine de qualités, mais vivra une vie malheureuse ; et, plus étonnant emploi d'un mot argotique, Michèle de Burne dans *Notre cœur*, cette femme qui prend le rôle traditionnellement dévolu à l'homme par Maupassant. On peut s'interroger sur cette manière de nommer. Elle évoque peut-être une dérision du destin, en quoi Maupassant était généralement enclin à croire.

Page 143.

1. Détail notable, le fils naturel qui est mis en scène dans « Le Champ d'oliviers », et qui est, lui, un vagabond repris de justice, est lui aussi, quoique jeune, « chauve sur le sommet du crâne » (*L'Inutile Beauté*, Folio Classique, p. 74).

LE RENDEZ-VOUS

Ce récit parut dans *L'Écho de Paris* du 23 février 1889.

Page 148.

1. L'agent de change, officier ministériel sévèrement sélectionné et en général fortuné, est d'une société plus relevée que le coulissier, qui est évoqué dans « Les Épingles ».

Page 153.

1. Louis-Arsène Delaunay (1826-1903), sociétaire de la Comédie-Française en 1850, avait pris sa retraite en 1887. Il s'était rendu célèbre dans les rôles de jeune premier (par exemple dans *On ne badine pas avec l'amour*, *Henriette Maréchal*).

LE PORT

Ce récit parut dans *L'Écho de Paris* du 15 mars 1889.

Page 158.

1. C'est d'un trois-mâts brésilien que le Horla sort, avec toutes les terreurs que va ressentir le narrateur (*Le Horla*, Folio Classique, p. 26). Ici, le navire amène du Brésil l'homme qui, sans le vouloir, va rompre l'interdit de l'inceste. Maupassant considère-t-il l'Amérique du Sud comme une source de sortilèges et de malédictions ?

Page 159.

1. Voir la note 1 de la page 142.

Page 162.

1. C'était l'usage, dans les « maisons » les moins huppées. Les filles du rez-de-chaussée de la maison Tellier sont elles aussi costumées, l'une en Liberté, l'autre en « Espagnole de fantaisie » (*La Maison Tellier*, Folio Classique, p. 35).

2. Mathurin : en argot, matelot.

Page 167.

1. Le parler normand, de plus en plus présent dans le récit depuis que le frère et la sœur se sont reconnus, emploie couramment à la première personne du singulier la forme verbale de la première personne du pluriel. Plus loin, on note les formes « pé, mé, fré », « je devions », « çu » (au lieu de « ce » devant une consonne), les formes en -i au lieu de -ui (pi, li, pisque), « té » au lieu de « toi ».

LA MORTE

Ce récit parut dans *Gil Blas* le 31 mai 1887.

Page 171.

1. Chez Maupassant, qui n'était pas croyant, le prêtre peut être intolérant, très dur, et haïr les choses de l'amour, comme l'abbé Tolbiac d'*Une vie* qui tue une chienne en gésine (cha-

pitre X), ou l'abbé Marignan au début de « Clair de lune »
(*Clair de lune*, p. 45). Mais dans *Une vie*, il existe un prêtre très
tolérant, l'abbé Picot. L'abbé Marignan est troublé par le clair
de lune, à la fin du récit, au point de comprendre l'amour
comme « un temple où il [n'a] pas le droit d'entrer ». Le jeune
prêtre du « Baptême » (*Miss Harriet*, Folio Classique, p. 207-
214) souffre de ne pouvoir donner le jour à un enfant, et l'abbé
Mauduit d'« Après » est si sensible qu'il comprend l'impossibi-
lité de vivre dans le monde (*Le Colporteur*, Bibliothèque de la
Pléiade, t. II, p. 1246-1251).

Page 172.

1. Ainsi, au début du chapitre X d'*Une vie*, Jeanne ayant
perdu sa mère, la maison lui « semble vide par l'absence de
l'être familier disparu pour toujours [...]. Voici son fauteuil,
son ombrelle restée dans le vestibule, son verre que la bonne
n'a point serré. » Mais ici, en raison des liens charnels entre la
morte et le narrateur, l'impression de douleur est plus intime :
il croit voir dans le miroir le double de la morte.

2. L'attirance de Maupassant pour les cimetières se marque
par exemple dans ses récits, de tons bien différents, « La
Tombe » (Bibliothèque de la Pléiade, t. II, p. 213) et « Les
Tombales » (*La Maison Tellier*, Folio Classique p. 63-71).
Quant à la peur de la pourriture des morts, elle apparaît dans
« Auprès d'un mort » (*Boule de Suif*, Folio Classique, p. 67-71),
et dans « Un cas de divorce » (*L'Inutile Beauté*, Folio Classique
p. 169-177), où le mari prend sa femme en horreur parce que,
fiévreuse, elle lui fait sentir dans son haleine « le souffle léger,
subtil, presque insaisissable des pourritures humaines »
(p. 174).

Page 175.

1. Rappelons qu'il s'agit d'allumettes phosphoriques.

2. Le thème de la morte ou du mort dont on découvre *a pos-
teriori* les fautes ou le crime a déjà été traité par Maupassant :
dans *Une vie*, chapitre IX, Jeanne comprend en lisant les
lettres de sa mère qu'elle a eu un amant ; dans le récit « La
Confession » (*Toine*, Folio Classique p. 177-186), ce sont les

trois enfants d'un grand bourgeois conformiste qui apprennent par son testament que leur père a tué, dans sa jeunesse, un fils naturel.

L'ENDORMEUSE

Ce récit a été publié dans *L'Écho de Paris* le 16 septembre 1889.

Page 177.

1. Sans doute Maupassant parle-t-il de la Seine vue depuis la villa Stieldorff, à Triel, qu'il louait depuis le printemps de 1889.

2. La statistique des suicidés pour 1887, qui parut en août 1889, en comptait 8 202, dont 6 434 hommes.

Page 179.

1. La noyade, dans la citerne ou le puits de la ferme, était le mode de suicide le plus courant dans le pays de Caux. Maupassant a senti l'attirance de cette eau sournoise et mortelle, et fait figurer la noyade dans nombre de ses contes ; ensuite vient la pendaison, alors que l'empoisonnement semble préféré par les femmes (« Yvette », « Yveline Samoris »).

2. Dans le récit « Suicides » (*Les Sœurs Rondoli*, Bibliothèque de la Pléiade, t. I, p. 175-180), Maupassant évoque un homme qui se tue par dégoût de la vie, après avoir lu les lettres qu'il a conservées, depuis sa première lettre d'enfant à sa mère. Dans « Promenade » (*Yvette*, Folio Classique, p. 179-187), le suicide est dû à la nausée qu'éprouve subitement un employé devant le vide de sa vie. Point n'est donc besoin d'un drame pour se donner la mort. Vivre suffit, pour peu qu'on prenne conscience de ce qu'est l'existence.

Page 182.

1. L'Exposition Universelle de 1889, instaurée pour célébrer le centenaire de la Révolution, insista beaucoup sur le progrès scientifique et technique. Maupassant n'aimait pas les rassemblements et la joie bête auxquels elle donna lieu. Il détesta la tour Eiffel, comme symbole de l'Exposition. Son article « Lassitude » (*L'Écho de Paris*, 6 janvier 1890) est un des plus notables que l'on puisse citer à ce sujet.

2. Le « scandale des décorations » (le gendre du président de la République Jules Grévy en faisait le trafic) éclata en 1887, obligeant Jules Grévy à démissionner. Ce n'était que le plus remarquable des abus que l'on pouvait reprocher aux élus ou à leurs proches. Le général Boulanger s'appuya sur leur dénonciation, et sur l'incitation à la revanche, pour se faire une popularité. Il avait été triomphalement élu député de Paris en janvier 1889. Il réclamait la dissolution de la Chambre, et s'était attiré des partisans chez les royalistes comme chez les anciens communards. Mais à l'époque où écrit Maupassant, sa popularité était déjà en baisse.

Page 183.

1. Boulanger, condamné, est en fuite depuis le mois d'avril. Maupassant n'a jamais été son partisan. Il le considère — à juste titre, semble-t-il — comme un velléitaire. Ce qu'il y a de plus étonnant quand on lit ces lignes, c'est de savoir que Boulanger va lui-même finir par se suicider sur la tombe de sa maîtresse, à Ixelles, alors banlieue de Bruxelles, le 29 septembre 1891. Curieuse prémonition de Maupassant !

Plus importante pour la signification de notre récit est l'idée que l'œuvre de la mort volontaire doit être une fondation autorisée par le gouvernement, et que le suicide est le fait d'une décision individuelle « approuvée » ensuite par des personnes qualifiées. Certains écrits cités comme sources possibles de Maupassant ne présentent l'œuvre que comme un club privé : ainsi « Suicide-Club » de Stevenson, où, du reste, le suicide est commandé aux membres par le hasard du jeu, et où il est considéré comme blâmable. C'est encore d'un club, et d'une mort désignée par le hasard, qu'il est question dans le « canard » lancé par le journaliste qui signe Fantasio, dans *La Liberté* du jour des Rois, en 1867 : il y relate qu'un club de cette espèce, très fermé, existe à Londres depuis une trentaine d'années. Émile de Girardin, directeur du journal, reçut de nombreuses lettres demandant comment on pouvait s'affilier à ce club...

L'idée de Maupassant est en somme toute différente. Peut-être avait-il lu par hasard (car ce n'était pas un érudit) un passage de Valère-Maxime (*De dictis factisque memorabilibus*, livre II, chapitre VI, 7), dans lequel, parlant de Marseille, il écrit : « On garde, dans un dépôt public de cette ville, un poison mêlé de ciguë, que l'on donne à quiconque fait valoir devant le Conseil des Six Cents (tel est le nom du Sénat) les motifs qui lui font désirer de mourir. À cet examen préside une bienveillance virile, qui ne permet pas de sortir à la légère de la vie, mais qui, si le motif de la quitter est juste, en fournit sagement le prompt moyen. » Valère-Maxime note qu'il a de ses yeux vu mettre en œuvre le même usage, dans l'île de Céos. Ou bien, Maupassant a développé sur le ton sérieux l'idée qui préside au récit de dérision de Petrus Borel, « Passereau, l'écolier » (dans *Champavert, contes immoraux*). Le héros envoie une pétition à la Chambre des députés : on est en pleine crise, ce qui engendre « taxes, sur-taxes, contre-taxes » ; pourquoi ne pas créer un impôt qui ne gênera personne, « ne spéculant que sur les moribonds » ? Le suicide est à la mode ; il peut devenir une « vache à lait ». Que le gouvernement fasse établir dans la capitale et dans chaque chef-lieu une machine à suicide, qui tue agréablement. La taxe sera de 100 francs au moins, plus pour les riches qui auront des cabinets particuliers.

Page 184.

1. Sarah Bernhardt, universellement célèbre, se partageait entre ses tournées en Amérique et ses triomphes à la Porte-Saint-Martin, où elle avait créé *La Tosca* en 1887. Judic interprétait avec grand succès *Orphée aux enfers* et *La Périchole*, Jeanne Granier jouait elle aussi Offenbach, et Louise Piccolo, sous le pseudonyme de Théo, chantait l'opérette (notamment *La Mascotte*).

2. Jean de Reszké chanta Massenet à l'Opéra. Coquelin aîné avait démissionné de la Comédie-Française en 1886 pour faire des tournées en Europe et en Amérique, et venait de réintégrer en triomphe le théâtre national. Mounet-Sully y remportait des succès dans la tragédie. Quant à Paulus, il remportait un autre genre de succès : le 14 juillet 1886, à l'Alcazar, il avait lancé la fameuse chanson qui constatait le triomphe du boulangisme, « En r'venant d' la r'vue ».

3. Des auteurs à récents succès : Dumas fils avec *Francillon*, en 1887 ; Sardou, la même année, avec *La Tosca* ; Meilhac et Halévy avec *La Périchole* en 1886.

4. Henry Becque avait acquis la célébrité au Théâtre-Fran-çais en 1882 avec *Les Corbeaux*, pièce pourtant refusée aupara-vant, comme trop noire, par plusieurs théâtres.

Page 187.

1. La *Revue des Deux Mondes* était lue (ou parcourue) par les gens du monde. On la jugeait ennuyeuse et, de fait, l'influence de Brunetière lui donnait un ton sévère. On dit que Maupassant avait proclamé que c'était un déshonneur que d'y collaborer. En ce cas, il était bien revenu sur cette opinion, car il avait donné à la revue, en février 1889, *Vers Kairouan*, et allait y faire paraître en feuilleton le roman *Notre cœur*.

Page 188.

1. Toutes les civilisations mères de la nôtre font du réséda la plante de la déesse de l'amour.

DU MÊME AUTEUR

Dans la même collection

BEL-AMI. *Édition présentée et établie par Jean-Louis Bory.*

BOULE DE SUIF. *Édition présentée et établie par Louis Forestier.*

LA MAISON TELLIER. *Édition présentée et établie par Louis Forestier.*

UNE VIE. *Édition présentée par André Fermigier.*

MONT-ORIOL. *Édition présentée et établie par Marie-Claire Bancquart.*

MADEMOISELLE FIFI. *Édition présentée par Hubert Juin.*

MISS HARRIET. *Édition présentée par Dominique Fernandez.*

CONTES DE LA BÉCASSE. *Édition présentée par Hubert Juin.*

PIERRE ET JEAN. *Édition présentée et établie par Bernard Pingaud.*

FORT COMME LA MORT. *Édition présentée et établie par Gérard Delaisement.*

CONTES DU JOUR ET DE LA NUIT. *Édition présentée et établie par Pierre Reboul.*

LE HORLA. *Édition présentée par André Fermigier.*

LA PETITE ROQUE. *Édition présentée par André Fermigier.*

MONSIEUR PARENT. *Édition présentée par Claude Martin.*

LE ROSIER DE MADAME HUSSON. *Édition présentée et établie par Louis Forestier.*

TOINE. *Édition présentée et établie par Louis Forestier.*

SUR L'EAU. *Édition présentée et établie par Jacques Dupont.*

NOTRE CŒUR. *Édition présentée et établie par Marie-Claire Bancquart.*

L'INUTILE BEAUTÉ. *Édition présentée et établie par Claire Brunet.*

YVETTE. *Édition présentée et établie par Louis Forestier.*

CLAIR DE LUNE. *Édition présentée et établie par Marie-Claire Bancquart.*